人質生活から始めるスローライフ
2

主な登場人物
アーデン・テイアル・フィン・アンテ
大陸の３分の１を治めている大国アンテの国王。国を統治するためには手段を択ばない非情さがある。
フリード・フィー・グリュト
大国アンテの近衛騎士。隊の隊長職にある。とても冷静で有言実行を常としている。姫に対してだけは庇護欲がある。
センテイ・ソフィー・レ・ピアリー
小国ピアリーの第２王女。現在は大国アンテの人質。のはずだが、陛下から離宮を与えられた。かなり前向きで、やや天然。前の世界での知識・経験を活かし、キッチンライフを満喫中。スローライフがしたい。

カインド・
アドレン
王宮に納品される品物の管理をしている管理番の青年。王宮で５年前から勤めている。少し用心深い性格。
フェーバ・
メリス
センテイの筆頭侍女。母親がマナーの講師で、その教えを受けているため、マナーの講師を頼まれる事が多い。一見生真面目な印象だが、意外と考えは柔軟なところがある。
リンク・
テイアル・フィン・
アンテ
大国アンテの殿下。陛下の息子だが、思慮が浅く、横暴なふるまいをする。自分の父がセンテイを贔屓していると思い、彼女に嫉妬している。
フィロー・
テイアル・フーグ
大国アンテの宰相。陛下とは付き合いが長く、忠誠心が厚い。頭が固く、権威主義的な面が見られる。物事を簡潔に捉え判断しようとする。

Contents

人質生活から始めるスローライフ 2

小賀いちご

イラスト
結城リカ

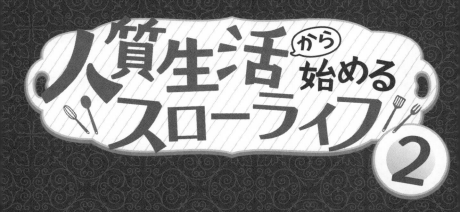

1章　誕生日プレゼントは離宮!?

どーして、こうなった?

私は気持ちの良いサロンの椅子に座り、薫り高いお茶を飲んでいる。しかし、私の心は気持ちの良い場所からは遠いところにあった。

私は住み慣れた(?)離れから引っ越しをしていた。

その時の事を思い返す。

◆◇◆◇◆

呼び出された私は陛下の出迎えを受けていた。なぜ私は陛下の出迎えを受けているのだろうか。不思議議だが目の前にいる陛下を無視する事はできない。

「よく来たな、姫」

「お待たせして申し訳ございません」

「なに、呼んだのは私だからだな。本当は馬車で迎えを出したかったのだが、大げさにするのは良くないと言われてな」

「ここまで散歩がてら歩いて来ましたけど、そう遠くはありませんでしたわ」

陛下がボヤいているのでフォローを入れておく。止めたのは恐らく宰相かフリードのどちらかだろう。ありがとう、止めてくれて。城内を馬車で移動とか、どこのお姫様かと思うわ。うん。

いや、忘れていた。私はお姫様だった。一応がつくけど。

にこやかな笑顔を保ちつつ陛下の話を聞いていると、宰相から早速とばかりに声をかけられる。

「陛下、立ち話もなんですので。そろそろ」

「ああ、そうだな。中へ入ろう」

それと同時に陛下が私に手を差し出した。

この手はなんだ？

思わず差し出された手をジッと見て、陛下を見上げる。

「姫？」

まさかと思うが、私をエスコートする気なのだろうか？

「どうした？」

私の前に差し出された手が引っ込むことはなかった。

やはりエスコートしてくれるようだ。

陛下にエスコートされるのは気が引けるが、無言の圧力には勝てないので恐る恐る手を乗せる。指先だけちょこんと乗せてみた。

これが私の限界だ。フリードなら慣れているから平気なのに。

陛下は私の葛藤を感じてくれたのか何も言わずに中へエスコートしてくれた。


中は外と変わらず立派だった。

広いエントランスホール、そこから続く大きな階段と広い廊下、貧弱な庶民兼小国の姫育ちの私では言い表す言葉が見つからない。貧困なボキャブラリーが恨めしい。

簡単に言えば、中は可愛いらしく優しい感じの雰囲気で、金持ちに有りがちな金ぴかの装飾はなかった。

私は見慣れなさから周囲を見回し、聞きたいことを押さえ込み陛下の横を歩く。

後ろにはフリードと宰相が続いた。

何処まで歩くのか。この距離だけでも広さが感じられる。離れとは大きな違いだ。

大きな扉が見えてくるとその前にフェーバが立っていた。陛下と私に一礼すると扉が音もなくスムーズに開く。

その部屋は広く陛下やフリードよりも大きな窓が正面に見える。その大きさは部屋に見合ったものだった。

広い。その単語しか出てこない。

「ここが姫の部屋だ」

ひめのへやだ

今、私の耳にはそう聞こえた。

いや、ここに連れてこられた時点で嫌な予感はしていたが、現実になるとやはり言葉が出ない。私は口元がひきつるのを感じながら陛下を見上げる。斜め上にしては顔の位置が高かった。

「陛下今、聞き慣れない言葉が聞こえたような気がしますが。私の気のせいでしょうか？」

「？　変な事を言ったかな？」

「ここが私の部屋と？」

「そうだ。ここは姫の部屋だ」

私と陛下の会話が食い違っている気がする。

この部屋だけが私の部屋？

サロンってこと？　お茶会を開けと？

「陛下、それでは伝わりませんよ。話を省くのは陛下の悪い癖です」

ありがとう、フリード。ぜひ、話を修正してほしいわ。

「そうか。そうだな。私が悪かったな」

陛下は一人で納得してウンウンと頷いている。

「姫。一日早いが誕生日おめでとう。約束していた誕生日プレゼントだ。この離宮を使ってほしい」

このりきゅうをつかってほしい

うん、感じてた。

ここに来た時点で嫌な予感はしていたから、でもさ、この離宮って、私一人には大きすぎるでしょう？

なんで離宮をプレゼントしようなんて思うかな。権力を持っている人の考える事はわからない。

わからないけど、どうしよう。

これ（離宮）もらって良いものだろうか？

庶民の感覚ではどうしていいのかわからない。

わからないけど、用意してもらったものを断るのもいかがなものかと思う。誕プレと言われているのだ。

断ると角が立つだろう。うん。揉めるのは一番良くない。

中の新しさを見ると、改めて家具を用意してもらっているようだ。私が断ればこれが無駄になるという事だ。それは申し訳ない気がする。ここはありがたく頂いておこう。

それが全てを丸く納める方法だ。

この感じでは新しく建てたのではなく、もともとあった建物に手を入れたみたいだし。確認してないけど。陛下からすれば新しく建てたわけではないみたいだし、有るものの手直しだけみたいだから、痛くも痒くもないのだろう。

私はそこまで考えが纏まると陛下に向き直る。

「ありがとうございます。陛下。初めての事で戸惑ってしまいました。離宮などと本当に私が頂いて問題にはならないでしょうか？」

「私が決めたことだ。誰にも文句は言わせんよ。気にしなくても良い」

「では、お言葉に甘えさせていただきます」

「喜んでもらえて何よりだ。中も姫が気に入るように手を加えてある。案内しよう」

私が素直に喜んだのがお気に召したのか、陛下はウキウキとした様子で中を案内してくれるらしい。

その様子を見ていると近所のおじさんにしか見えなくなってきている。陛下のイメージはどんどん変わってきていた。

しかし、陛下自ら案内なんて、私、不敬罪で捕まらないだろうか？

そっちの方が心配になる案件だったが、陛下はそのまま離宮の中を案内してくれたのだった。

そうなのだ。陛下が誕生日プレゼントを用意すると言われていたが、それが新たな住まいを用意してくれる事だったため、引っ越しの原因になったのだ。いや、引っ越しは良いのだ、問題は引っ越し先にある。なぜ引っ越し先が曰くつきの離宮でなければならないのか。それが大きな問題だった。

この離宮は亡くなられた妃殿下へのサプライズのために作られたそうだ。

妃殿下は離宮の竣工《しゅんこう》前に亡くなられ、離宮の存在そのものをご存知ではなかったそうだ。離宮はサプライズをする相手が亡くなられても、そのまま建設され、使用者がいないまま管理だけを行っているらしい。

陛下の息子にも使用許可、というか立ち入りの許可さえ出されていないと言うのだ。

私はもう一口お茶を飲む。お茶の香りは私の鼻孔をくすぐる。

何というか、引っ越しについては、私が大変な事は何一つなく、周囲の人たちが大変だった、ようだ。というのは私には内緒の引っ越しだったので、私が関わる事は何一つなく裏でバタバタしていたようなのである。

今まではスタッフは少数で回していたが、離宮に移るので今までの人員では回せない。私の周囲はともかく、他は不足するので下働きの人も含めて大幅な増員がされている。これはフェーバの管理になるので彼女にお任せだ。

そして離宮の中の配置を覚えなくてはならない。今までは大して広くもなかったので覚える必要もなかったが、これからはそうもいかない。

フリードとフェーバから、離宮内のマッピングをお願いされたのだ。私の安全に関わることなので、疎かにできないため覚えてほしいという事だった。

今の私は、陛下にとって特別な離宮の使用許可を出した『姫』ということで注目されているらしい。

それに伴っていろいろな噂も流れている様だ。

曰く付きの離宮に陛下から使用許可が出たただ一人の人物、という事。そしてその噂に付随してもう一つの噂が出ている。

この離宮を使わせるという事は、陛下のお気に入りなのではないか？　私は殿下の婚約者候補なのではないか？　と言うものなのだ。

私の信条としては「冗談ではない」と思うのだが、フリードの話ではかなり真面目な話らしい。

私としてはお断り一択なので、今年一年の目標を『殿下の婚約者にはふさわしくない姫として認識してもらう』と言うものにし、フリードに宣言しておいた。

私にとっては嫌な噂を思い出し思わず顔をしかめてしまう。

そしてそれに伴い、ルンルンで離宮を案内してくれた陛下を思い出す。


離宮内の案内をしてくれた陛下は、どや顔で改修されたＬＤＫ（リビングダイニングキッチン）を見せてくれたのだ。私のほしかったＬＤＫなので嬉しくて仕方がなかった。部屋の片隅には本棚も設置されていたのだ。テンションが上がらないはずがない。

テンションマックスの私に向かって陛下は、私が予想していた台詞を宣《のたま》った。

陛下の「姫。何を作ってくれる？」予想を外さない。これだけの場所を用意された以上作らないわけにはいかない。

交渉の上、陛下からリクエストされた食材で昼食会を開くことになったのだ。

これからどうなるのか不安しかない。

◆◇◆◇◆

「姫様、どうして」

泣きそうな顔になっているのはカインドだ。隣のビジドはちょっと顔が強張っているが、まだ自制心が働いているらしい。

カインドの『どうして』にはいろいろな意味が込められているのだろう。泣きそうな様子を見ながら、追い打ちは良くない、と思いそのまま慰める。

「ごめんなさいね、ここに来るのに案内があった方が良いと思ったのよ」

「そうなのでしょうけど。分かってはいるのですが」

自分に気を使ってもらったのでクレームは良くない、と思ったようでカインドは口籠る。

トリオは私のＬＤＫ（リビングダイニングキッチン）にいる。因みにこのトリオ、離宮の初めてのお客様になる。慰めになるかはわからないが、そこを強調してみる。

「あなたたちが初めてのお客様なの、前とは違うでしょう？　反応が分からなかったから、フリードに迎えをお願いしたのだけど。嫌だった？」

「いえ、お気遣いありがとうございます。姫様が離宮に入られたのは聞いてはいましたが、自分で来るとなると、なかなか」

カインドの反応から、やはりここに来るのに尻込みしたらしい。無理もない、王宮の官吏とはいえ、個別の離宮に来る事は、王宮を歩くのとは別物なのだろう。

今にも床に膝をつきかねないカインドを慰めつつ、ビジドにも声をかける。

「ビジドも来てくれてありがとう」

「いえ、私も声を掛けて頂いて嬉しく思っております」

今日は試食会をする予定でトリオに来てもらった。

だが、２人はその予定を知らないので、今日のランチのメニューと陛下のリクエストについて話をすることにする。

「今日は陛下に頼まれごとをされてしまって、それでみんなに来てもらったの」

「陛下になにか作ってほしいと言われたのですか？」

ビジドが予想を立てていた。いや、考えなくてもわかるだろう。

先日、陛下をお招きした食事会は、問題なく開催できたことを話していた。その上での陛下の頼まれごとと言えば、料理の事と想像はつくはずだ。

「当たりよ。食材だけの指定で作ってほしいと言われてね。メニューはまかされているの。だから作ってみて皆に相談しようと思ったの」

私の話に皆は頷いてくれていた。前回の事もあるので自分たちが先で良いのか、ということはなかった。説得の手間が省けて助かる。

「試作はされているのですか？」

ビジドの確認に私は頷く。

「もう作ってあるのよ、食べてみてくれる？　今回も大皿で作ってあるから感想をお願いね」

「「お任せください」」

フリードとビジドが気合いを入れて返事をしてくれた。

この2人、試食となると気合いが入るな。

私はその2人を眺めながら試食のメニューの概要を説明する。

「お肉とお魚と卵を使った料理なの。全部を入れた料理にするか別々に一品ずつ作るか、迷ったのだけど別々に作ることにしたわ。それを食べてみてほしいの」

「喜んで」

カインドも楽しみなのか嬉しそうだ。

卵はチーズオムレツ。肉料理は味噌煮込み。魚料理は簡単な煮付け、もしくは煮魚にすることにした。

こうなるとチーズオムレツだけがメニューとして浮く感じがしたが、こちらの人には洋食と和食の違いはわからないだろうし、そこまでは考えない事にした。気にしていてはキリがないと諦めたのだ。

テーブルには大皿料理が並ぶ。

種類的には3種類だがそれだけではつまらないので、副菜系も用意する。カインド達も食べたことのある料理ばかりだ。青物のお浸しや、酢のものなんかも用意した。食事でも飽きない工夫は大事だと思っている。

「姫様。この魚は醤油を豚肉のスペアリブは味噌を使っているんですか?」

「そうよ。味噌も醤油も使い勝手は良いからね」

私は自分の手柄ではないけど、胸を張って自慢していた。

フリードは豚骨の煮込みを嬉しそうに眺めている。肉料理が好きなので楽しみなのかもしれない。

豚骨の煮込みは豆味噌を使っている。味噌は種類が多く白、黒、豆味噌とあり自分で合わせ味噌にして工夫次第で使い方が広がっている。とても便利だった。

私は前の生活で、旅行に行った時に食べた、豚骨の味噌煮込みが好きになって、自分で食べられるように練習したのだ。そのおかげで自分でも作れるようになった。

焼酎を入れて煮込む料理なのだが、焼酎がないのが残念だった（蒸留酒はあるが焼酎かわからないので使わなかったのだ）煮込めないのが残念だったが、そこは妥協した。満足できる仕上がりではなかったが、妥協できる範囲ではあったので、皆に試食してもらう事にしたのだ。

魚料理は、普通に白身魚の煮付け、もしくは煮魚になる。

これは特別な事はしていない。生姜を少し強めにしたくらいだろうか？　魚の処理がどうなっているのかわからなかったので、匂い消しに強めにしておいた。できれば魚は丸々一匹でほしいと思っている。そうすればあら煮も作れるのに、と思うのと魚の種類が確認できる。前と同じ魚とは思わないが、何となくわかれば調理の幅も広がると考えているからだ。こちらにもサバのような魚とかあるのだろうか？　サバの味噌煮が食べたい（切実に）。その辺りも確認したいので、いつか魚も一匹でお願いしようと思っている。

チーズオムレツは簡単だが難しい。

私がフライパンに慣れていないので、きれいな三日月にするのがなかなか大変だった。他の理由としては、フライパンを回すのが難しかったのと、もう一つはマヨネーズがないことだ。オムレツを作る時はマヨネーズを入れてフワフワにしていたのだが、マヨネーズがないのと代用が思いつかなかったので諦めて、手早く作る基本の方法で頑張る事にした。もう一つのフライパン問題は、私の身体の大きさに対して一番小さいフライパンでも大きく使いづらかった。そのためかなりの練習が必要だったのだ。私のお昼はしばらくチーズオムレツになったのは自然な流れだろう。今日は頑張った練習の成果が出たと思っている。

説明を聞きながらトリオはお皿の前でソワソワしている。偉いのは私の説明が終わるまで待っているところだろうか？

皆に耳としっぽが付いて見えるのは気のせいではないはず。

これ以上待たせたりすると暴動が起きそうなので、そうそうに皆が待っている一言を発した。

「どうぞ、召し上がれ」

「「「では、いただきます」」」

綺麗に揃った3人の声が響いていた。

「姫様。これ、美味しいですね」

モグモグしながら話すのはビジド。因みに食べているのは魚の醤油煮だ。一番年上だから魚なのだろうか？

「姫様の料理に外れはないからな」

とはフリード。狙っていた豚骨の味噌煮込みを食べている。嬉しそうにしているのは間違いないだろう。

「そうですね。姫様の料理はいつでも美味しいですから」

とはカインド。チーズオムレツを食べている。中のチーズがちょっと熱かったようだが、そこは気にならないらしい。

「……」

無言なのは私一人だ。トリオは仲良く食べている。問題なのは自分が狙った皿を離さないことだろうか。それぞれ、気に入った料理の大皿を抱えていた。副菜に関しては食べたことがあるせいだろう、譲り合っている。

いや、いいことだけど、いいことなのだけど、皿を抱えていると他の人が食べられないし、感想が聞けないのだけど。それに美味しいしか言ってないじゃん。他の感想はないわけ？　言葉づかいが悪くなるのは許してほしい。私だって前回の失敗を忘れたわけではないのだ。

私は前回の教訓も踏まえて、取り分けしやすいように、大皿の中で3人分に分けていたはずなのに。

おかしい。

その事を言わなかったから？　いや、わかるよね？　皿の中で3つに分けてあるのだから？

一人に一つずつ、名前を付けないといけなかったのだろうか？　疑問だ。

因みに今回は私の分は別皿にしてある。

うっかりすると私の分が無くなる可能性は忘れていない。

「どうなさいました？　姫様」

カインドが皿を置いて（私の方を向くからか皿を置いていた）私を心配そうに見る。私の変化にいち早く気がつくのはいつも彼だ。

私はそれをありがたく思いながら皆に聞いていた。

「ねえ、私としては全種類食べてほしいのだけど」

3人組はピタリと動きを止める。トリオは自分たちが私の希望に沿わないことはわかっているらしい。

「姫様の料理はいつでも美味しいので問題ないかと」

とビジド。手は皿を握っている。

「そうですよ。この味噌煮込み。味噌がまろやかで美味しいですよ」

とフリード。さり気なく皿を私から遠ざけている。

美味しい以外の感想は初めてだ。

「チーズも卵もトロけていて美味しいです。誰が食べても同じ事を言うかと思います」

とカインド。

チーズオムレツを一つに纏めるかで悩んでいるらしい、フォークが彷徨っている。良心が勝ったのか、一つにはしなかった。

美味しい以外の感想が聞けて少しホッとしたのは私だけだろう。


しかし、ため息が出る。

私のため息にトリオはピクリと反応した。私の怒りを買うのはまずいと理解はしているらしい。私の反応を窺っていた。

どうしようか？

私としては全種類を食べてもらって、それぞれの感想を聞きたい。味の好みも違うし年齢も違う。それで判断できることもあるからだ。しかし、料理をしない人からするとその事はわからない、とも思う。もう一度ため息が出た。

カインドの眉が下がる。同時に幻の耳と尻尾も垂れ下がった。

違う方向性から関わろう。

「そんなに食べてお腹いっぱいにならないの？」

「「大丈夫です。朝食を少なめにしてきました」」

フリードとビジドは同じ意見。カインドも少し恥ずかしそうにしているので、同じ事をしているらしい。

「他の料理は気にならないの？」

「「気になりますが、自分の分が減るのは嫌です」」

「……」

自分の分ってなに？　それは全員分ですが？　何とも呆れた内容を堂々と言ってのける。

私は半眼になりながら自分の甘さを反省しつつ、３人に宣言する。

「じゃあ、残してある分で味見できるから、そっちを食べてちゃんと感想を聞かせてよ？　お腹いっぱいで食べられないなんて、言わせないからね」

少し頬を膨らませつつ３人に最後通牒を突きつけた。多めに作ってあった分を、ワンプレートにして、みんなに出すことにした。それぞれ食べていない料理を盛り付ける事にする。

私のこんなところが甘いのだろうな。

自分の性分を反省しつつ、みんなに取りに来るように声をかけると、それぞれ自分が食べる分の皿を持っている。心なしか満足げな表情に見えるのは気のせいではないはずだ。

フリードはニコニコとしながら私に感謝の言葉を宣った。

「姫様、ありがとうございます。本当は魚料理もタマゴ料理も気になっていたんですよ。食べられて嬉しいです」

「気になっていたのだったら、ちゃんと分け合ったら良かったのに、そしたら全種類食べられたでしょう？　なんでそうしないの？」

「他の料理も気になりますが、まずは自分の好きなものを心置きなく食べたいじゃないですか」

「そうなのね」

この自分の好きなものだけを沢山食べたいというのは、男の人の考え方なのだろうか。私には理解できない考え方だった。

私なら少しずつ沢山の種類を食べたいと思うけど、その方が味も変わって楽しいと思うんだけど、違うのかな？　疑問をそのまま口にしてみる。

「少しずつ沢山の種類を食べる方が楽しくない？」

「そうですか？　自分の好きなものを沢山食べたいと思いますけど」

とはビジドだった。やはり考え方の違いらしい。そこは仕方のないことなので追及するのはやめておこう。

「じゃ、今度は味わって食べて感想を聞かせてね。忘れないでよ？」

料理に手を伸ばす面々に私は念を押す。忘れ去られているようだが今日は試食なのだ。ただ美味しいで終わってもらっては困る。そこは忘れないでいただきたい。

「「もちろんです。ご安心ください」

フリード・ビジドから気合いの入った発言があるが。

本当かな？　つい疑いの眼差しが出てしまうのは、仕方がないと理解してもらいたい。それでも気持ち良く食べてほしいので、余計な事は言わない事にする。

3人が、それぞれに食べていない料理を口にするのを確認する。それを確認してから、私も自分の分を食べ始めることにした。

まずはチーズオムレツからだ。卵やチーズは火が入りすぎると、時間が経つと固くなることがあるので、そこには気を使っている。

トロトロとした食感が大事だと思っているので、気を使って作ったつもりだ。作り立てではないので少し冷えてしまっている。こうなると中も余熱で火が通ってしまっただろうか？　そうなると固くなって美味しさが半減してしまう。

いや、冷えた状態を確認できて良かったとプラスに捉えるべきかもしれない。

私はプラス思考に切り替えると、チーズオムレツをわざと真ん中から割る。

中からチーズは出てこなかった。やはり少し冷えた事によって固まったらしい。そこは残念だ。火が入りすぎてもダメ。入らなさすぎもダメ。なかなか難しい。

私は所詮素人だ。プロみたいにはできないことも多い。もう少し技術がほしい、と思いながらオムレツを口に入れる。バターの匂いがほのかに香り、卵の味が後からゆっくりと広がってくる。中の固さは別にして味付けそのものは満足だ。

次は豚骨の味噌煮だ。私はこの味噌煮が大好きなので気分が舞い上がってしまう。自分で作ったものとはいえ、好きなものが食べられるのは嬉しいものだ。メインは豚骨だが一緒に煮てある野菜も美味しいのだ。

ビジドは順調に野菜類も見つけてくれている。どこで見つけたとかは教えてもらえているが、手に入れる時に困った事があった、とかは教えてもらえない。

いつでも交渉が上手く行くはずはないのに、その辺の事は教えてもらえず。私にはただ「見つかりましたよ」と結果だけを渡してもらっている。

もちろん、大変だったことを聞いても私には何もできないが。

ビジドが頑張って見つけてくれた野菜、その中でも特に人参をありがたく思いながら口に入れる。野生味があるのか甘味が強く嬉しくなる。甘味が強い人参は私の好みだからだ。

他にも大根や玉ねぎ等も入っている。本当なら厚揚げも入っていると美味しいのだが、豆腐は自作をしなければならないので、今回はそこまで手が回らなかった。残念ながら諦めたのだ。

それでも久しぶりに豚骨の味噌煮込みを食べられて満足感があった。


最後は魚の醤油煮だ。

正直に言うと私は魚料理が得意ではない。魚の処理が上手くないのだ。

魚を捌く時にどうしても触れる回数が多くなり、魚をダメにしてしまう事が多い。後は水を使いすぎることだろう。血を流すことは臭みの対応として大事なことだが流しすぎても旨味がなくなるので良くないのだ。私はその使い分けが上手ではない。結果、魚料理を作る回数はどうしても少なくなってしまうのだ。

そんな経緯から不安が残る醤油煮を口に運んだ。

今回は切り身を厨房からもらっているので、全体の処理は気にしなくても良いのが利点だが、切り身のふっくら感がイマイチだ。身が硬すぎる印象がある。切り分けにくい気がした。ナイフとフォークなのでそこまで感じないが、元日本人の私としては満足できなかった。

残念な思いが胸に広がる。そしてそれを皆に試食させてしまった罪悪感が募った。

味見をした時はそこまで気にならなかったが、時間がたって硬くなったのかもしれない。

人に提供していながら本人がため息をつくなんてありえない。出そうになったそれを私は飲み込んだ。

魚料理の難しさを改めて感じていた。


私が満足そうな表情ではないので、ビジドが納得していない様子を気にして不思議なのかそのままの口から零れでる。

「姫様、どうかなさいましたか？」

「ビジド、皆も魚料理に不満な事はない？」

「特には。ありませんが」

３人組から改善点は聞けなかった。

もともとの料理を知らないから満足できるのか、それとも料理を知らないから改善点が示せないのか。その違いが私にはわからなかった。しかし、料理の質を上げるなら試食は別な方法を考える必要があるかもしれない。

美味しいと言ってもらえることに満足しつつ、自分では満足できない複雑さを感じながら私は試食会を終えていた。

2章　隊長さんとお料理教室

無事に（？）試食会を終えた私は、魚料理の改善に取り組むことにした。因みに陛下の試食会までは後、５日となっている。

この５日間は、マナーの練習もダンスの授業もお休みにしてもらった。口実に休んだとも言うが。とりあえず、魚料理の練習を行う予定だ。５日間２食続けて魚料理は辛いので、片方をフリードにお願いしたら爽やかな笑顔で引き受けてくれた。

ありがたい話である。駄目なら護衛騎士さんの誰かに、お願いしようと思っていたくらいだ。その話をフリードにしたら、ものすごーく真面目な顔で「止めてください」と言われた。

なぜだろう？

フリードは、そんなに試食がしたいのだろうか？　食事に困っている人ではないと思うのだけど。私はフリードの試食への情熱を感じて驚きを隠せなかったが、何はともあれ試食をお願いできるなら、問題ないのでそのままにしておく。

「姫様。試食の結果に満足できなかったのですか？　どれも美味しかったと思うのですが？」

「みんながそう言ってくれるのは嬉しいのだけど、魚料理がちょっとね。私はもともと魚料理が得意じゃないのよ。だから余計に気になって」

「姫様。あの出来で苦手と言われるのですか？　他の料理人は悲しくなると思いますよ」

「お世辞でもそう言ってもらえると嬉しいかも」

あからさまなフリードのよいしょに苦笑いが出る。

「お世辞と思われるのですか？　姫様はこちらで食べていたお食事は気に入っていなかったのですよね？」

「そうだけど。味は好みだから。単に私に合わなかっただけだと思うのだけど、基本的に私はなんでもおいしい人だもの」

「なんでもおいしい人は、味が気に入らないと、試作のやり直しはしないと思いますが？」

「そうだけど、これは陛下に、人に出すものだから。なるべく美味しいものを食べてほしいと思うでしょう？　それだけよ？」

「まあ、そうかもしれませんが」

フリードは私の意見が腑に落ちないようだが、これは個人の感覚なのでなんともできない事だと思っている。元日本人の私としては、おもてなしに手抜きはできないのだ。できるだけ美味しいものを出したいし、満足してもらいたいと思っている。

その結果が今の時間になっていた。

今試作しているのは白身魚のバター焼きと、揚げ物の２種類だ。

思い切って魚料理そのものを見直すことにした。煮魚だけにこだわる必要はないと気が付いたからだ。

どうも苦手意識が先に立って、考えが固まってしまったように思う。好きな料理と得意な料理は違うこともある。

私たちの前には種類としては２種類、作ったのは４種類だ。

バター焼きはキノコなども一緒に炒めたものと白身魚のバター焼きだけのものと２種類作ってみた。食感に変化があって良いと思ったのだ。

揚げ物はパン粉で揚げたものとフリッターの２種類だ。この２つも食感が違うから新しいものとして気に入ってもらえると思ったのだ。

食べ比べを始めることにしたが、フリードは役得と思ってくれているのか頬が緩んでいる。部下たちには見せられない姿だ。

「姫様。魚料理と言ったら焼くものだと思っていましたが、揚げたりもするものなのですね」

「そうなの？　もしかして、フリードは子供時代に魚が嫌いで、あんまり出なかっただけなんじゃない？　揚げ物として出されるのはそんなに珍しくないと思うけど？」

「焼いたものはよく出ていましたよ？」

「まあ、焼き物は、焼き加減さえ間違えなければ外さないから出しやすいのかもね」

そんな話をしながらフリードはフリッターを観察している。フォークに刺し、目の前に掲げていた。

大胆にも真ん中に刺している。

割って中を確認する様子は見られなかった。火の通り具合は気にならなかったようだ。火が通っていないという発想はないのかもしれない。いや、フリードの事だから火が通ってなくてもそんな料理と済ませてしまうかもしれない。


今度ローストビーフでも作ってみようかな？　反応が気になる。

真ん中がピンク色のお肉を見るとどんな反応をするのか、私は今から楽しみになっていた。

次の食事会のメインがたった今決定したことを知らないフリードはフリッターをそのまま口にしていた。

ケチャップはないので、トマトソースと塩を用意した。ケチャップの試作は間に合わなかったのでトマトソースで代用する。塩は初めてのチャレンジだ。ただ、大体の料理は塩だけでも美味しいことがあるので塩頼みだ。

因みにフリッターを作るのはこちらでは初めてなので出来上がりが気にかかる。

今まではベーキングパウダーを使って簡単に作っていたが、今はないので基本に忠実に卵白を泡立てなければならない。

今の私では卵白を泡立てるのは大変な作業になる。

今回は私の後ろに立っていたフリードに黙ってボールと泡だて器を渡す。

フリードは2つを抱えながら私の意図がわからないのだろうキョトンとしていた。言葉に直すなら、ナニコレ？　だろうか。

私は笑いをかみ殺しながら泡だて器の使い方を教えることにする。フリードはどうしていいのかわからないのと、自分に渡された理由がわからず戸惑っているようだ。

いつも何があっても動じた様子は見せないので、この戸惑った様子はおかしくなる。その様子を見ているだけで、笑いが漏れてきそうになるが耐える。ここで笑ってしまうと、気を悪くしてしまう可能性があるので、笑いは堪える。大事なことだ。

メレンゲを私が作るのは大変なのだ。お願いできることはお願いしてしまいたいのだ。

「姫様？」

私に声をかけてくるフリード。この一言に集約されている。

「その泡立て器でね、ボールの中身をシャカシャカしてほしいの。私の力では長く泡立てられないからお願いね？」

「シャカシャカ？」

私の擬音の説明がわからないのかボールを抱えたまま首を傾げている。長く持ったままだと卵白がぬるくなるので早めに泡立てて頂きたい。↑これ重要
料理をしたことがない人に言葉だけでの説明はハードルが高かったようだ。

私は手で泡立てる真似をする。

「こうやって泡立てていくのよ？　少しずつ固まって白くなっていくからよろしくね」

「こうですか？」

ぎこちない手つきで泡立て器を回していく。初めてなので時間がかかるのは見ないふりをしていこう。

細かいことを言われると作るのが嫌になるだろうから、細かいことは言わずに作ることをお願いして放置することにした。

私はそのままバター焼きに移行する。作り上がるタイミングがずれるが今日は試作なので多

少は目をつむる。

　バター焼きを順調に仕上げていく。細かいところの調整はあるが、基本的には問題ないのでそのまま仕上げた。

　メレンゲの方は大丈夫だろうか？

　フリードを信じて放置しているが、シャカシャカと混ぜる音は続いている。初めはぎこちない音だったが時間が経つにつれリズムが良くなってきていた。

「どんな感じ？」

　ボールの中身を覗いてみた。音はリズミカルだったが形にはなっていなかった。残念だ。もう少し頑張ってもらうしかない。

「ごめんね。もう少し頑張って泡立ててほしいかな、シャカシャカしてね」

「こんな感じで大丈夫ですか？」

　眉を下げつつ泡立て器を回して見せてくる。最初よりはリズムが良くなって混ぜている、この調子なら出来上がりそうだ。

　様子を見つつ私は自分の料理を続けていく。バター焼きが出来上がるころにはリズミカルな音は順調になっていた。中身を確認すると何とか形になっていた。

　初めての料理は褒めるのが基本だ。ダメ出しばかりではやる気がなくなってしまう。その事を踏まえて褒める。

「すごいね。フリード。初めてなのにちゃんとできているわ。お願いして良かった。私が作ったらここまで綺麗にできなかったと思う。ありがとう。助かっちゃった」

ボールを受け取りながらお礼を伝える。助かったのは事実だ。メレンゲ作りは本当に大変なのだ。力と持久力が必要で、今の私ではできないのだ。めんどうくさかったからお願いしたわけではない。そこは強調しておきたい。

フリードは少し嬉しそうにしながら、いやワクワクしている様子だ。

「姫様。この続きはどうなるのですか？　私でもできますか？」

「えっ？　続きも作る？」

「できますか？」

「そんなに難しくないからできると思うけど。全部はさせてあげられないから半分作ってみる？」

「ぜひ」

料理に興味を持つとは思っていなかった私は、予想外だができることが多いのは良いことだと思うのでお料理教室を臨時で開催する事にした。

力強い反応だったフリードに作り方を教えつつ、一緒にフリッターとフライを作っていく。

教えながらの料理作りは時間がかかる。いつもの倍以上の時間をかけながら揚げ物を作り上げていく。

フリードは真面目な顔をして、切り身に衣をつけ揚げ油に入れていく。油鍋の前に付きっきりだ。揚げるのが気になるようで魚を何度も返そうとするから、あまり触らないように注意する。

「そんなに触らなくても大丈夫よ。泡が魚から出ているでしょう？　それが小さくなっていったら大丈夫。それに色が変わってくるから、その2つが火の通った合図よ」

「アツ」

油鍋の前から身を反らす。説明をしていたら油がはねて熱かったようだ。初心者アルアル。私もよくやっていたな。

フリードの慣れない反応がほほえましい。

「大丈夫？」

「熱くて驚きました」

「油だもの。水が入ったのかも」

「水が入ると油が跳ねるのですか？」

「水と油って言わない？　2つは反発して仲良くできないの。油が水を弾くのよ」

「知りませんでした」

「料理をしないとわからないかもね」

素直に頷くフリードは初めての料理教室は楽しいみたいだ。

何でも新鮮に映るのか、油を切りながら楽しそうにしている。良いところのお坊っちゃんである彼は、こんな経験はしていないのだろう。

フリードの前には初めて自分で作り上げた料理が並んでいる。

白身魚のフライとフリッターだ。

彼の目が期待に満ちてキラキラしている様に見えるのは、気のせいではないはずだ。早く食べたいのか私を急かしてくる。

「姫様。早く食べてみましょう」

油切の上に載ったまま食べようとするので慌てて窘める。

「落ち着いて、まだお皿にも乗せていないのよ？　盛り付けくらいしないと」

「このままで大丈夫ですよ。美味しさに変わりはありません」

「ダメよ。お行儀が悪いもの。すぐだから待っていて」

私はキリッとした顔で言うフリードに、『待て』をするとお皿を取りに行く。因みに『待て』を言われたフリードは、幻の（シェパード）犬耳と尻尾を垂れ下がらせてシュンとしていた。

早く食べたいらしい。初めて作った料理を早く食べたいのは無理もない事だ。

私はクスクスと笑いを漏らした。自分の子供のころを思い出す。

夕食を作るお手伝いをしていた時、母につまみ食いをしないよう注意されていた。それでも我慢ができず、つまみ食いをした経験がある。

みんな同じだよね。そう思うと同時に思い当たることがあり、振り返る。

手が動いたのが見えた。

「フリード。今、何してた？」

私の質問に何もしてないよ、アピールなのか無言で首を振る。いつもは返事をしてくれるが、無言なのは怪しい。

私はジト目をしながらフリードの前に行き、下から（身長差がある）顔を覗き込む。ジーと目を見る。

「悪いことはしてない？　本当に？」

私の質問に無言。

やましいのか嘘がつけないのか、反応を見せなかった。

ひたすら私から目を逸らしている。その態度でバレバレなのだけど譲歩を見せることにした。

「フリード。今正直に白状したら、なかったことにするわ」

その言葉に目をぱっと輝かせ、口のモグモグを再開させた。そう、フリードは私が振り返っ

た時には、口をモグモグさせていた。その時点で悪事は発覚していたのである。

「もう、つまみ食いなんて。ビックリだわ。すぐなのに待てなかったの？」

「出来立てを食べてみたかったんです。美味しいですね」

どうにか中身を飲み込んで口を開く。冷めた料理が普通だった人が、温かい料理に慣れ始めると、食べてみたくなるのかもしれない。それとも初めての料理教室だったから、結果を確認したかったのか。

もしかしてこのつまみ食いは私の責任？

微妙な気分になりながら、これ以上食べられないように盛り付ける。少し残念な様子を見せながら一つ食べたことで満足したのか、更なるつまみ食いは阻止できた。

ダイニングテーブルの上には試作料理が並んでおり、フリードの手料理ももちろん含まれている。バター焼きが2種類と、フライとフリッターだ。出来立てなのでもちろんまだ温かい。

「じゃあ、食べてみましょうか？」

私の言葉にフリードも頷く。フォークを取り一番最初に向けたのはもちろんフリッターだ。先ほど食べたのはフライの方だったらしい。

フォークを刺すとサクッと音がする。揚がり具合は良い様だ。ケチャップとソースは無いので、代用でトマトソースを作った。これに酢や砂糖を入れて作れば手作りトマトケチャップができるはずだけど、知識だけで作ったことは無かった。今度今度と思いながらまだ作れていないので、陛下の宿題が終わったら試作しようと思っている。

私もフライから食べることにした。同じものを食べたほうが意見の交換がしやすいと思うからだ。

「自分で初めて作った料理はどう？」

私の質問にフリードは苦笑いだ。自分が楽しそうにしていたことがバレて照れ臭いらしい。言い訳をするかのように話し始める。

「まったく初めてというわけではないのですよ。一応、野戦訓練なんかもありますから。何かあった時のために野営訓練とかもしていますし。その時は食事も作る練習はしています」

「そうなの？　フリードも野外訓練をするの？」

「一般兵ほど多くはありませんが年に何回かはしますよ」

「毎年？　そんなに訓練するの？」

「大事な時にできなければ意味がありませんから。忘れないように毎年ですね。その時に調理も必ずします。これは陛下も同じですよ。逆に宰相閣下はありませんね。あの方は文官なので」

「意外。陛下もするんだ。調理も？」

「もちろんです。まあ、食べられるものと、美味しいものは違いますけどね」

なるほど。自分で作ったものは美味しくなかったのね。

野営訓練だから味は重視されないで量が最重要だろうし。温かくても美味しくなかったら楽しくないし、訓練中だったら楽しむ余裕もないだろうし。

フリードは私が料理をする時にいろいろ聞くけど、もしかしたら野営訓練の時に役立てるつもりなのかもしれない。それなら私が知っている事はできるだけ教える方が良いのかな。

私はフリードの意外な情報に驚きつつ試食を再開させる事にする。


そして始めに戻る。

フリードはフォークに刺したフリッターを眺めている。つけているのはトマトソースだ。食べたことのないのを試すチャレンジ精神は立派だと思う。私の料理が美味しいから、安心して食べてくれているという考え方もある。そちらだと正直嬉しい。

そんな事を思いながらフリードの反応を見守る。

私に見られている事に気がついていないのか、見られていても気にならないだけの精神力があるのか（ちなみに私にはそれだけの精神力はない）、不明だが自分が初めて作った料理を食べるのは結構ドキドキすると思う。

私が見守る中フリッターを口に運んでいた。

つまみ食いは背徳の味がして、通常より2割増しで美味しさを感じると思うが今回は通常だ。いや、初の手料理だ。それだけ美味しく感じるはずだ。今回のフリードの感想は当てにならないと肝に銘じておこう。

一人で納得しているとフリードからサクサクとした音が聞こえる。2つ目の音も問題ないので揚がり具合は大丈夫そうだ。

「どう？　感想は？」

「美味しいですね」

フリードの感想はいつも簡潔だ。大体が美味しいで括られる。

初めの一言を別な言葉でも聞いてみたいと思うことがあるけど、最初に出る言葉は本当の感想と思うから無理も言えないでいる。仕方がないので別な感想がほしいと素直にお願いしてみた。フリードはいろいろな経験をしているはずなので（夜会やお茶会で）語彙が豊富なはずだ。

今回はぜひその豊富な語彙を使ってほしいと思う。

「おや、姫様は美辞麗句で飾ってほしいですか？」

「うーん。積極的に聞きたいとは思わないけど、たまには違う感想も聞いてみたい気がするかな？」

「なるほど。では、ご期待に沿えるかはわかりませんが、試してみましょうか？」

フリードはそう言うと片方の口元だけを吊り上げた。

私の前ではあまり見せない悪い感じの顔だ。悪いことを企んでいるのかな？

そんなことを考えながら目を逸らさずに眺めていると、今度はニッコリと擬音が付きそうな作り笑顔を見せた。笑顔そのものはとても良い感じで綺麗なのに、私から見ると顔に張り付けたような仮面のような笑顔だ。

こちらも見たことのない笑顔でチョット背筋がぞわっとしたのは内緒だ。こっちは貴族用の顔なのかもしれない。

笑顔を張り付けたまま、流れるような動作でナイフとフォークを手に取る。

そのままフライの方に刃を入れ、形が崩れない程度に切り、口に運ぶ。

いつもの待ちきれない、といった様子はなく、食事が楽しみな様子も見られず、笑顔の下に楽しくない、つまらない様子が透けて見える。胸が痛くなった。

いつもは表情を動かさないが、私の前やトリオの前では表情が崩れることが多くなっていた。楽しそうな、気兼ねのない表情が見え隠れするのだ。その表情に見慣れていると、今の顔は違いすぎて辛くなる。

夜会やお茶会の時はこんな様子なのだろうか？　いつもこの笑顔で出席しているのだろう

か？　だとすれば楽しくないのか、楽しく話せる人はいないのか。なんでこんな仮面なのか。私には経験がないから不明だが、夜会や貴族同士の付き合いがこんな顔を作らせるのなら、私は関わり合いになりたくない。心底そう思う。

こんな様子ではどんなに美味しい料理も美味しくないだろう。料理は好みだが、その半分はその場の空気が美味しさを決める要素でもあるのだ。こんな楽しくない生活は遠慮したい。いや、断固お断りだ。

今の自分の面倒な立場で難しくなりつつあるが、当初の目的のスローライフを目指そうと心に誓いつつ、待ったをかける。

フリードは笑顔だが仮面の笑顔だ。こんな笑顔は見たくない。

私はフリードが何かを言う前にストップをかけた。

「ごめん。ごめんなさい。私が悪かったわ。さっきの発言は無しにして」

「どうしました？」

純粋に不思議そうなフリードは、カトラリーを持ったまま私をキョトンと見返してくる。

そうだろう、私から聞きたいと言ったのにストップをかけられるのだ。なんで？　となるのは当然だ。

止めたのは良かったが正直な理由を言うのはためらわれた。フリードの仮面の笑顔が嫌だとは言いにくい。しかしストップをかけて、理由がないのも問題だ。

仕方がないので、半分本当の理由を言うことにした。

「ごめん。嘘くさい顔がなんかいやだった」

「嘘くさい。ずいぶんですね。姫様」

「ごめん。でも本当だもん。なんか、見慣れなくて気持ち悪い」

「気持ち悪い、そんなことは初めて言われました。自分で言うのもなんですが、ご婦人方には評判が良いのですよ」

「そのご婦人方と、私の趣味が違うのかも。ごめんね。私からお願いしたのに」

「……」

止められると思っていなかったフリードも戸惑っている。でも、先に謝られてどうしたものかと、思っているのか。私も話しにくく何となく空気が止まっていた。

雰囲気が、空気が悪い。自分が原因だが、どうしたものか。

私の言い方が悪かったので素直に謝る。

「ごめんね。フリード。気を悪くした？」

「まあ、いい気分はしませんね。姫様のご希望に沿ってのことでしたので」

「ごめんね。でも、せっかく作った魚料理を美味しく食べたかったんだもの。あの感じでは美味しく食べられそうにないと思って」

「そうですか？　そんな心配はいらないと思いますが。今日の魚は私が作ったものもあるので美味しいと思いますけど？」

むくれつつも本音を覗かせる。初めての料理が楽しかったらしい。自信を覗かせていた。

私はバレバレの話題転換を図った。

「そうね、美味しいと思うけど。陛下には揚げ物の方を出した方が良いかしら？　でも、前回も揚げ物は出しているから違うものが良いかしら？　どう思う？」

「魚を揚げること自体が珍しいので喜ばれるとは思いますが。こちらも食べてみますね。比べてみましょう」

そう言ったフリードはバター焼きの方も試食してくれていた。試食というか、普通の食事かな？　結構な量を食べている。

これで少しは機嫌を直してくれたのだろうか？　どちらかと言えば、私の話題転換に乗せられてくれたのかは不明だが、このまま突き進もう。話を蒸し返す必要はどこにもないのだから。

フリードの返事を待つ。

私は魚料理が苦手なのでどちらにするか決めかねていた。こうなったらいい加減なようだが、お勧めする方に決めようと思う。自分の意見より人の意見の方が安心できる気がしていた。

「どうかな？」

私が緊張して見守る中、順調に試食を進めていく。バター焼きの2種類も食べ終わっていた。

返事を待っているとあっさりとした返事が返ってくる。ある意味順当な返事なのだろうか。

「姫様。揚げ物の方が美味しい気がします。フリッターの方が良いのではないでしょうか？」

「前回も揚げ物だったけど飽きないかしら？」

「他は煮物と卵料理で違うから問題ないかと」

「そうね、なら、フライにしようかな」

私は自分で決められないのでフリードの進言を素直に受け入れる。

これで今度の昼食会のメニューは決定だ。私としては一安心である。メインさえ決まってしまえば後はどうにかなるものだ。私は安心とともに笑顔でお礼を伝える。

「ありがとう。フリード。メニューが決まれば後は安心だわ」

陛下との食事会までは時間がなかったので、一息つけた私は肩の荷が下りた気分だ。

私とは対照的にフリードは腑に落ちない感じだ。その様子に私の頭の上にはハテナマークが出る。

どうしたんだろう？　何か気に入らない事でもあったかな？　一人で悩んでも答えは出ないので本人に直接聞いてみた。

「どうしたの？　私変な事でも言ったかな？　気に入らない事があった？」

「いえ、そうではないのですが」

奥歯にものが挟まったような返事が返ってくる。この返事があるだけで納得がいかないことがあるのは間違いない様だ。中途半端にすると後が面倒くさいので、決着はつけておいた方が良さそうだ。

「ごめんね。フリード。教えてもらわないと私にはわからないわ。問題があるなら教えてもらえないかしら」

「問題なんかありませんよ」

「本当に？　気に入らないって顔に書いてあるわ」

気に入らないことがあるのは本当なのだろう、渋々ながらも理由を話してくれた。

「姫様、私はフリッターの方がいいと思いますが、作るのはフライなのですか？」

「あ、その事ね。確かにフリッターも良いと思うのだけど、フリッターは作るのが大変でしょ？　試作していてなんだけど、自分だけでは作れないからフライの方が良いと思ったの」

「私も手伝いますよ。次に作る時はもう少し上手にできると思いますし」

「……フリード。そうすると誰が毒見をするの？」

私も手伝います、と気合いが入っていたフリードもあっ、という顔になった。

毒見の事を忘れていたらしい。

作るまではフリッターもありと思っていた私だが、メレンゲを作るのを見ていたら私一人では無理だと判断した。その上毒見問題もある。結果、無難なフライに決定だ。決してフリードと料理をすると時間がかかるからではない。そこは信用していただきたい（冷汗が……）。

残念そうなフリードだがこれは仕方がないと理解してもらえたようだ。がっかりとしたのか肩が落ちていた。作るのが楽しかったのか、また料理をしたかったのだろう。肩の落ち具合が残念さを表している。それを見ていると私も申し訳ない気分になってきた。

穴埋めじゃないけど。今度、何かの料理教室を考えてみようかな？

丸まったフリードの背中を見ながら、私は次回の料理教室を検討していた。

3章　昼食会

今日は予定していた昼食会の日だ。

前回同様、陛下は楽しみにしていたのか予定の時間より早めに来ていた。宰相閣下は陛下を止めるのを諦めたのか、黙って陛下の後ろに佇んでいた。こうなるだろうと予想していた私は、教訓を活かし早めに準備を終わらせ、万全の状態で陛下を迎える。

早めの支度についてはフェーバもフリードも同意をしてくれていたので、問題なく準備をすることができた。

昼食会の支度については、残念ながらカインドやビジドの出番はなかった。離宮に移ったからなのか、人手が増え不自由は少なくなっていて、ダイニングやリビングの支度も侍女さん達で滞りなく済ませている。

ありがたいことだと思っているが、ビジドたちと一緒にくだらないことを言いながら、支度ができないのは少し寂しい。

みんなでワイワイ言いながら支度をするのは楽しいのに。これからはできなくなりそう。ちょっと嫌だけど、でも手伝ってとも言いにくいし。ここには人手もあるし、ビジドたちの仕事でもないし。そこはつまらないかな。

今の住環境に不足や不満はないが、精神面と自由はかなり制限されているような気がしないでもない。

このままでは、スローライフを達成できにくい可能性が高くなっている事に私は気がついている。ここは考えてはいけないと思ってもいるが、いつか向き合わなければならない日が来るとも思っている。それまでは見ない振りをしておくべきなのか、迷いがある。

強引に進むべきか、それとも私自身が行動できる日が来るまで待つか。

私自身の国許の問題もある。軽々に決めるべきではない、とも思うし。気持ちがぐしゃぐしゃしている。私の方針が決まっていないので、いや、スローライフを楽しむという考えは決まっているし、一貫してその方向に変わりはない。が、他の予定外の事がありすぎて、考えがループしていて纏まりがない。

その上陛下が何を考えているのかさっぱり読めない事も問題だった。嫁発言やこの離宮の事、どこまで本気なのか。面白い子供がいると思って遊んでいるだけなのか、不明だ。そのこともあり、自分の方向性が決められない。正直に言えば困っていた。その上これは誰にも相談ができない。

トリオたちは気のいい人たちだが、この国の人間だ。私のこのスローライフの考えは相談できないし、相談したとしても困らせてしまうだろう。私自身で決めて行動しなければならない問題だ。そこまで考えが行きつくと、頭を振る。

切り替えよう。今は目の前の昼食会に集中しなければならない。

「姫？」

急に首を振った私に驚いたのか陛下が心配そうに声をかけてくれた。

「調子でも悪いのか？」

「いえ、申し訳ありません。急に今日の料理を気に入ってもらえるか不安になりまして」

「そうか。姫もそんな心配をすることもあるのだな」

「どういう意味でしょうか陛下？　私はいつも自信がない子供なのですが？」

「じしんがないこども？」

私の言葉を聞いた陛下がオウム返し（絶対ひらがなだ。自信がある）に呟き、フッと笑いをこらえる様子を見せていた。

この反応は何なのか。面白くない気持ちになり陛下を見返しながら、言われた内容に引っ掛かりを覚える。

なんだろう、陛下の私への印象がどんなものになっているのか気にかかる。

陛下は私の事をどんな風に思っているのだろうか？　ここは非公式の場所だ。食事会の時は気のいいおじさんにしか見えないことだし、聞いてしまおうか？　返答から陛下の考えが少し見えてくるかもしれない。これはいいチャンスかも。

そのことに気がついた私はこのチャンスを生かしたいと思っていた。

「陛下、率直にお尋ねしますが、私の事をどのように見ていらっしゃるのですか？」

「そんな事を聞くのか？」

陛下が苦笑する。確かに普通ならこんなことは聞けないかな？　不敬罪にはならないだろうけど。怖くて聞きにくい内容でもあるし。

ちょっと失敗したかな？　とも思ったが覆水盆に返らず。言ってしまったことは、元に戻らない。考えなしの子供の体で聞いてしまおう。

「陛下のその仰りようですと、なんとなく気にかかります」

「そうだな」

陛下は思案顔だ。

自分の発言が思わせぶりなことに気がついてくれたようだ。その反応から思いもよらず返答がしっかりと聞けそうだ。自分で聞いていてなんだが、どんな内容になるのかドキドキしてしまう。どうか面白い子供がいた、程度の内容でありますように。

「姫にはいろんな顔があるな」

「いろんなかお、ですか？」

いろんな顔？　なんじゃそりゃ？　思いがけない方向性の話に戸惑う。

私の驚きをよそに陛下は普通に話を進めていた。

「そうだな。今みたいに眉を潜めて何を言われているのだろう？　と子供の顔をする時もあれば、先日のように後々の事まで考え進言する時もある。あの時は大人、と言うよりは自分の立場に責任があると考えている顔だった。料理をしている時は楽しんでいて無邪気な様子だしな。その時で全く違う顔がある。見ていて楽しいかな？」

陛下最後の疑問形は何ですか？　自分で自分の発言がわかっていない感じですか？


私と陛下は入り口で話し始めていた。

今日は非公式の昼食会だ。それがわかっているからだろう、宰相から声がかかる。その声のかけ方も少し気楽な話し方だった。

「いつまでも入り口で話し込んでいるつもりですか？　話をするなら座ってからでもできますよ？」

「確かにそうだな」

それに同意した陛下は宰相と部屋の中に入っていく。ホスト側の私とフリードが置いてけぼりだ。

それに戸惑いフリードと2人顔を見合わせる。フリードは呆れたのか肩をすくめ両手を天井に向けていた。私もそれに頷きを返す。同じことをしたかったが立場上、さすがにそこまではできなかった。顔を見合わせながら噴き出すのをこらえる。フリードも笑いをこらえる変顔しながら陛下たちを追いかけた。

「ホストの案内もなしにどこに行く気ですか？」

「なかなか案内してもらえないので、先に座らせて頂きました」

「珍しいこともあるものだな」

宰相の反応に陛下が珍しいものを見るように宰相を眺めていた。その宰相はすました顔で大したことのないように言い募る。

「今日は休日ですので」

「そうだったな」

陛下は宰相のスケジュールを思い浮かべたのか。同意するように頷いていた。

私は2人のやり取りを見ながら、宰相の休みはこんな感じなのかと眺めていた。

私がいるせいなのか寛いでいる感じはないが、仕事中よりは少し気を抜いているような感じはしている。私がいなければもう少し寛げているのではないのだろうか？　そんな事を思ってしまうが、今日の発案は陛下なので私に責任はないはずだ。

先ほどまで私の印象の話をしていたが何となくなし崩しになっていた。今更話を元に戻すのもおかしな雰囲気だったので、話を切り上げ、昼食会をスタートさせる事にした。

「では、今日は陛下のリクエストに沿った内容にさせていただきました」

「ああ、楽しみだよ。何を作ってもらえたのかな？」

陛下は相好《そうごう》を崩す。

こんな様子を見せるから近所のおじさんにしか見えないんだよね。

私は陛下への感想を胸の内に秘めながら今日のメニューを発表する。といってもメインだけだ。

副菜はそこまで気にしていないと思うので、味変えになるように数種類用意しただけだ。メインに集中したので、どちらかと言えば簡単一品メニューの取り合わせになっている。あとは初めて出すメニューもあるので、前回に出したものも含め馴染みがあるようにしていた。

慣れたものを作る方が楽だから、という理由は私一人の胸のうちにしまっておきたいと思う。そんな話を聞けば手抜きと思われてしまうので、そんなリスクは冒せない。

メニューの発表を楽しみにしているだろう陛下のために早々に発表する。試食も試作も繰り返した内容だ。

「卵料理はチーズオムレツ、肉料理は味噌煮込み、魚料理は白身魚のフライになります。副菜はいくつか用意していますので、お好きなものをそれぞれ選んでいただけたらと思います。主食としてはご飯を用意しています。味噌煮込みはご飯と食べて頂きたいと思います。私の主観ですが一番美味しく食べて頂けるはずです」

メニューの説明をしながら自分の一押しを勧めていた。やはり人間は好きなものを一番に勧めたいものだと思ってしまう。

陛下は興味深そうに私の話を聞いていた。

知っている料理があるのだろうか？

「陛下、ご存知のものがありますでしょうか？　陛下の期待に応えられていればよいのですが」

「私の知っているものはないな。私はあまり料理の事を気にしたことはないからな。食事の内容よりも相手との話の中身の方が重要だからな」

陛下は笑いながら否定されていた。

陛下の返答に私はウッと詰まってしまう。

以前フリードから聞いた話だ。

陛下は食事の時も会食だったり、ランチミーティングだったりで、食事を楽しむ事がないと言っていた。それを思うと食事の内容を気にすることはないのは当然な気がする。どう考えても食事よりも仕事の方が優先だ。仕事中心なら食事内容を気にするはずがない。陛下の発言に納得できた私は素直に最後の仕上げに移ることにした。これ以上の説明に時間を割く必要はないだろう。

ダイニングに座った陛下たちは料理を待ってくれている。

今回は食事的な内容なのでお酒は出さないことにした。

この後に仕事があるとは思わないが、いつでもお酒が飲めると思われるのは遠慮したい。それに場に慣れて頻繁に何かを作れと言われるのは遠慮したい、という思いもあった。

忘れてもらっては困るのだ。あくまでもこのキッチンは私のための場所であって、陛下たちの食事を作るための場所ではないのだから。私は今更な事を考えながら料理の仕上げに入る。

といっても今回は簡単だ。

豚の味噌煮込みは温めればいいいし、チーズオムレツは素早さが命だ。最後に一気に作り上げれば問題ない。

今回は一番手間のかかる揚げ物を最初に始めるのが王道だと思う。手順を頭の中で組み立てつつ、衣をつけながらフライを揚げる準備を始める。油を温めていく。魚の大きさは中くらいにした。一口サイズの方が食べやすくて良い気もしたのだが、揚がり具合に自信が持てなかったので、中くらいにして多少失敗をしても誤魔化せるサイズにした。これもどうかとも思ったが、私の苦手な魚料理を指定した陛下が悪い（八つ当たりとも言う）、ということで自分に納得させる。

揚げ油を温めながら衣をつけていると、作業の工程がわかるせいかフリードがチラチラ私の方を見ていた。どう見ても料理を手伝いたいアピールだ。視線に圧力を感じながら見えない振りをする。

フリード今日はダメだって分かっているでしょう？　視線で言葉を語らない。圧力をかけない。私は負けないからね。圧力に耐えつつ、フライの準備を淡々と進めていく。

フライの準備は終わっても油はもう少し温める必要があったので、卵やチーズなどの細々した用意も済ませておく。

そうしながら油の用意が整うと、フライを揚げていく。

他のコンロで煮物を温め、ついでにすまし汁も作ったので温めておく。副菜関係はいくつかまとめて用意したので、その場で私が取り分ける事にした。小鉢をいくつも用意すると最後の洗い物が面倒になるので、そこは目を瞑ってもらいたい。言い訳を胸の内で呟きながらも準備は順調だ。

フライが揚がり味噌煮込みも温まったので、チーズオムレツに取り掛かる。マヨネーズがないので卵液の中に少しだけ水を加える。そうすると牛乳で作るよりフワフワになりやすいのだ。オムレツもシェアではなく一人、一人分ずつ用意することにした。その方が気兼ねなく、食べてもらえると思ったからだ。欠食児童たちの教訓を生かしているともいう。チーズオムレツを焼く前に他のものは配膳を済ませておく。そうすればチーズオムレツが固くなるのを少しでも遅らせることができるはずだ。

テーブルの上には一人分ずつの配膳を済ませ、副菜も用意は終わらせていた。後は簡単に私が取り分けるだけだ。食後の片付けが楽になるようにしているのは気が付かないでもらいたい。遠足は家に帰りつくまでが遠足なように、料理も後片付けまでは料理です、の教訓は私の中で生きている。しかし面倒は面倒なので、手間を省けるところはいくらでも省きたい、と考えている。

オムレツの形成が綺麗にできるように神経を使うので、その前に私は違うことを考えて気を紛らわせていた。魚料理ほどではないが人に提供するものに気を遣うのは仕方がない。私はとりとめのない事を考えていた。

気がそれていても手は動く、自動的に卵液を作りながらフライパンを温める。バターを溶かして卵液をその中へ入れていく、チーズを投入するとフライパンを動かしながら形を作る。私にとっての最大の問題はフライパンが重たいことだ。両手で動かすと形が綺麗にできないし、片手だと重たいし、火を弱めると美味しくないし、練習が大変だった。その成果が今日は出ていると思いたい。

そうして3人分を作り上げるとフリードに手伝ってもらいながら陛下へ提供する。

「お待たせしました。陛下のリクエストの料理になります。見て頂ければお分かりと思いますが、手前の卵料理がチーズオムレツになります。奥の肉料理が豚骨の味噌煮です。揚げ物は白身魚のフライです。副菜は私の方で取り分けますので」

「オムレツはともかく、他のものは見たことがないな。肉料理はあまり嗅いだことのない匂いがする」

「陛下。問題がありますでしょうか？　気が進まないのであれば、簡単ではありますが別なものを用意しますが？　いかがしましょうか？」

「いや、大丈夫だ。初めて食べるものは興味深い」

あまり嗅いだことのない匂いと聞いて失敗したと思った。商人をはじめトリオは私の料理に慣れているので、味噌の香りに忌避感がない。しかし陛下は前回の時は味噌汁に使用しただけでメインには使用していない。味噌汁が平気そうだったので今回も使用してみたが、陛下の反応で一瞬失敗したかと不安になった。だが意外に平気そうだ。

私はそのことにホッとすると陛下たちに料理を勧める。

やっと昼食会がスタートできそうだ。


並んだ料理を前に、揉み手をしそうな勢いの陛下がいた。楽しみにしていた証拠なのだと素直に思える。

テーブルに少しだけ身を乗り出し、頰を緩めながら料理を眺めている。

その様子から気にいらない料理は、ないのだと感じられた。その様子に一息つきながら、念のためもう一度副菜についても声をかけておく。

「陛下、副菜についてはその都度声をかけてください」

「ああ、取り分けてくれるのだろう？」

「はい」

陛下は簡単に返事をすると、早速とばかりにフォークをとり、フライに手を伸ばす。それを見た私はあわてて待ったをかける。

「陛下、お待ちください。毒見を済ませていません」

「ん？　必要ないだろう？」

「はあ？」

陛下の返答に気の抜けた返事を返してしまった。

ありなの？　いいの？　フリードに毒見をお願いしていた私としては、申し訳ないのと気負っていた自分が間抜けに思えてしまい複雑な気分だった。

陛下の反応を見ていたフリードは、不細工な顔になっていた。このことが事前に分かっていれば、自分も料理に参加できたのに、という顔だ。この話をこれ以上広げたら、被害が拡大することは確定なので、気がつかない振りをしておく。多分無理だと思いつつも、今後陛下に料理を作る気がない私としては、次回に毒見が必要ない事の確認はしなかった。だが私の気持ちを見透かしたのか、陛下から先手を打たれてしまう。

「姫。この場所での食事会は非公式のものだ。次回からの毒見は不要と心得ていてほしい」

「陛下」

釘を刺されてしまった。しかし、今後も陛下に料理を振る舞うつもりはない、力強く否定したい（口にはできないが）。

マナーやダンスの授業もある。特に私のダンスには問題がある。自慢ではないが運動は得意ではないのだ。私のダンスの講師には、この国で一番の講師が付いてくれている。しかし、その講師が頭を抱えるレベルで上達がないのだ。私自身もこの調子では、デビューに間に合うか心配で仕方がない。

私のダンスの練習にはフリードが付き合ってくれている。彼は私の練習の最大の被害者だ。彼の足は練習の度に踏まれ続けている。何も言わないが足はひどい事になっているのではないかと不安で仕方がない。これ以上の被害を出さないためにも、ダンスの練習は真面目に行い上達したいと思っている。

それに後々は学校も始まるのだ。トリオたちのように、気楽に食べられる関係なら気にはしないが、陛下ではそういうわけにもいかない。かなりの拘束時間ができてしまう。時給も発生しないのに、割に合わないと思う。いくら離宮を使わせてもらっていても、割に合わないと思う。大事な事なので2回言いたいと思う。

ここは穏便に断るという一択しかなかった。

陛下にやんわりと、しかしキッパリと断りを入れよう。今回と前回は例外にすぎない。

前回は私自身のためにお礼という形をとった。今回はこの離宮のキッチンのお披露目みたいなものだ。今後は理由がない、理由のない食事会はトリオたちだけだ。陛下や宰相をその中に入れるつもりはなかった。その覚悟をもとにニコニコ愛想笑いを入れながら陛下に断りを入れる。

「陛下。申し訳ありませんが。次回とは？」

「おや？　次は作ってくれないのかな？」

断られるつもりのない陛下は余裕を見せている。しかし、私としても負けるわけにはいかなかった。ここで引いては後が大変なことになる。この離宮が貴族の噂になっている事も忘れてはいない。その上で陛下に入り浸られてしまっては噂に燃料を投下するようなものだ。

「陛下。申し訳ないのですが、私もマナーやダンスの授業があります。正直に申し上げると、あまり成績の良い生徒ではないのです。デビューまでに見苦しくないようにならなければなりません。授業を頻回に休むわけにはいかないので」

後半は言葉を濁し察してもらう。私の言葉に賛同してくれたのは宰相だった。私が言いたかった事を追加で言い募ってくれる。

「陛下。姫様は入学の準備もありますし、ダンスの練習も忙しいでしょう。デビューまで時間がありません。上手い下手はともかく、見られる程度にはならないと。恥ずかしい思いをするのは姫様ですから」

「そこまで言うことではないだろう」

「いいえ。ダンスは練習の必要があります。今日のために何日かは練習をお休みしています。その分も取り戻さないといけないので」

フリードも同意をしてくれた。私のダンスの下手具合を見て知っているのは彼だけだ。かなりの説得力があると思われる。宰相は見てはいないが報告は受けているのだろう。聞いている程度の説得力はある。それを信じてもらうためにも私は大きく頷いて見せた。信じにくかった陛下も、2人に同じことを言われては、信じないわけにはいかないのだろう、特に宰相の『見られる程度には』は真実味があると思う。いや、事実なのだ。

私のダンスは人に見せられるものではない。というか、人には見せたくない。

「陛下。そういうわけですので」

察して、と首を傾げて陛下を見る。陛下は信じがたいようだ。沈黙が返ってくる。フリードがわかりやすい例を挙げてくれた。

「陛下。ダンスの講師が足を踏まれるぐらいなら初心者、と思いますが。音楽とステップが合いません。それだけならまだ練習を、と思うのですが。ステップが踏めないのです」

「どういう事だ？」

「そうですね。わかりやすい表現が難しいのですが。3ステップなのに2ステップになったり、逆もありますし。振りは完璧に覚えておられるのですが。足がついていかない、と言えばいいのでしょうか？」

「姫？」

「間違いありません」

短く同意をする。

「私もデビューで恥ずかしい思いをするのは不本意ですので、どうにかしたいと思っています。申し訳ありませんがご理解ください」

「そうか。それでは無理は言えないな」

しょんぼりとした陛下の声が聞こえてきた。どうにか理解を得る事ができたようだ。明日からはダンスの練習に邁進するのみだ。足を踏んだりすることはともかく。せめて人様に見てもらえる程度にはなりたいと思う。頑張らなければ。私は心に誓っていた。

◆◇◆◇◆

昼食会の後、陛下と宰相は差し向かいでお茶を飲んでいる。

姫からは断られてしまったが、陛下は姫のダンスが下手だという話が信じられなかったのだ。

それに姫との食事会が思うように開けないというのもなんとなく不愉快だった。

姫が作る料理は温かいという事や、珍しい調味料を使っているということを除いても美味しいと思っていた。姫がダンスの練習で思うように昼食会が開けないのなら、それを打開するべく陛下は一つの策を思いつく。

それは厨房に姫の料理を学ばせるというものだった。

姫が作れないなら厨房に作ってもらえばいいじゃないか、ということだ。

それを聞いた瞬間、宰相は頭の痛い案件だと思った。姫様が引き受けるかどうかもあるが、いや、姫様は引き受けるしかないのだろうが、厨房の反発も考えられるからだ。姫様の料理が流行しだしてまだ1年ほど。あの厨房が認めるとは思えなかった。いや、命令なので引き受けるしかないのだが、反発は必至だった。頭の痛い案件に宰相はため息しか出なかった。

宰相にとっての姫が鬼門と言うのは変わらないらしい。

閑話　カインドの思い

私、カインドは城内の品物を管理している管理番だ。私が姫様とお会いしてから1年が過ぎている。この1年、私の生活は大きく変わっていた。

私などの身分では考えられない事だが姫様の手作りお料理をいただいている事、もう一つの信じられない事。それは姫様のご縁で隊長殿と知り合ったことだ。隊長殿は陛下の親戚で本来なら私のような身分、名ばかりの下級貴族（ほとんど庶民と変わらない）ではお会いすることも、話をすることも考えられない方だ。その方が私と気さくに話をしてくださるなんて、初めの頃は考えられなくて、信じられなくて、何回か回数を重ねるうちに少しずつ馴染んでいくことができたほどだ。身分差があるが、それを感じることもあまりなかった。商人など、からかう様な話し方をする時もある。それを咎められる事もなかった。私が馴染めたのは商人のおかげかもしれない。

姫様は離れから離宮に移られている。品格維持費の横領が発覚した事がきっかけだ。

あの時は、勇気を出して良かったと本当にそう思っている。調味料の件で陛下に呼び出された時は、生きて帰れるか不安になった。その話の中で、陛下との会話に齟齬がある事に気がつけたのは、姫様のおかげだと思う。

姫様は聡明な方だ。話をしていても、比喩を使われたり、話の中に自分のお願いを織り交ぜていることもある。そんな時はお願いに気づいてくれたら嬉しい、程度で駄目なら追求されることはなかった。しかし、よく思い出すとお願いされていた事に後から気がつくのだ。気がついてから品物をお持ちすると、パッと笑顔を見せてくださる。気がついてくれてありがとう、と言われる。自分のお願いやワガママが、私に無理をさせるのではないかと、不安に思っておられるようだ。気にしないでほしいとお願いしても、無理はさせたくない、といつも言われるばかりだ。私はその事に気づいてから、会話には注意深くなった。その成果が陛下との話の中で、生きてきたのだと思う。

品格維持費をもらっていない、その事を伝えるだけだったのに、私は全身から力を振り絞って言う必要があった。私などの言葉を陛下が聞いてくださるのか、不安で仕方がなかった。不敬罪で捕らわれるのではないかと、生きて帰れるのかと不安になったが。結果、聞いてくださって安心した。しかしその後の姫様が、なんと言ったら良いのか。

陛下を相手に交渉をしてしまわれるなんて。商人ならまだしも。言葉がなかった。いくら他国の姫様でも不敬罪に問われるのではないかと、不安でたまらずハラハラしたし、心臓が止まりそうな思いをした。

何よりも驚いたのは裁判をするよう、陛下にお願いしたことだ。私では考えもつかない事だった。


確かに以前の食事会の時、姫様にお話をしたことがあった。わが国にだけある裁判制度。貴族も裁判にかけられる。それは平民が相手でも平等に行われる事になっているという事を。

正直に言えば姫様がその話を覚えているとは思っていなかった。本当に世間話として、お話させていただいただけなのだ。

それなのに姫様は陛下の評判を買うためだ、と仰って裁判を行うよう、陛下に約束を取り付けてしまわれた。陛下の評判を買う、というのはこじつけだと私は思っている。

あの時、姫様に裁判の話をした時に、私とビジドはこれで庶民が泣くことが少なくなる、と喜んで話をしていたのだ。貴族と庶民との間の壁は厚い。身分がないだけで今までは裁判も開かれなかったし、一方的に財産を取り上げられたり、結婚を強要されたり、土地を取り上げられたり、商売の邪魔をされても何もできなかったのだ。訴える先がなかったので、どうすることもできなかった。上手い人間は、先に付け届けをしたりして、それを回避する者もいた。しかし、それができるのは一部の人間だけだ。みんなが皆できるわけではない。それが少しでも減っていく。そう思うと私と商人は嬉しくて、今思えば随分と口が軽くなっていたように思う。

それを聞いていた姫様は、私とビジドがガッカリしないように、これからもこの国で暮らすのが楽しいようにと、気を回してくださったように思えた。

ビジドにこの時の話をしたら、同じ感想を言っていた。フリード様にはまだ聞けていないが、同じ感想だと思っている。

陛下に裁判をするよう交渉されている時の姫様のお顔は、使命感を持っておられる表情だった。自分にできなければ、誰も果たすことができないだろうと、責任を持たれている凛としたお顔をされていた。

まだ子供の姫様だが、この方に間違いはないのだと思わせるものがあった。

私は今までに誰かにお仕えしたいと思ったことはない。城に勤めたのも給料が良い事、下級貴族でも城仕えと言えば少しは相手の態度が緩和される事、そのためだ。それ以上の理由はなかった。でも、姫様なら、姫様にならお仕えしたい、と思わせるものを感じていた。

陛下が裁判をしてくださると言われた時、姫様はホッとした顔をされていて、お歳に相応しい表情で微笑ましいのと、自分がホッとしたのと両方の気持ちを味わっていた。

姫様のこれからの成長をそばで見たい、お手伝いをしたいと私は思っていた。

しかし、姫様は異国の方だ。いずれは国に帰られてしまう。その可能性に気がついた時自分でも分からない、不思議な気持ちだった。ガッカリするような寂しいような、複雑な気持ちだ。後から陛下が殿下の嫁に、と言われた時は、これで姫様が国に残ってくださる。この方なら自分が頭上に戴くのに相応しい方だと思ったが、殿下の噂をあまり聞かないので、不幸せにはなってほしくない、とも思ってしまった。結婚は相手次第では大変な思いをしてしまう事もある。良い事ばかりではないのだ。特にこの国は大きい。貴族もいい人間ばかりではない。姫様のお国は小さいと聞いている。その事を馬鹿にする者もいないとは限らないのだ。

姫様は自分が決める事ではない、と保留にされてしまっていたが。

この国には残ってほしい、でも大変な思いはしてほしくない。私ごときが姫様の今後に口を挟める立場ではないが、幸せになってもらいたいと思っている。

姫様は離宮に移られた。これから姫様の立場は大きく変わっていくのだろう。陛下が姫様の才覚に気がついてしまわれたのだ。御自分の手の内に置いておきたいと、思われているようだ。あの離宮も殿下の嫁にと言われているのも、フリード様が姫様の護衛に付いているのも、貴族の噂をそのままにしているのも、それが理由のはずだ。

姫様が遠い存在になってしまわれるのだな、と私は思っていた。それはビジドも思っているようだ。

姫様本来の立場に戻られるだけで、本当なら私のような身分の者と話をすることも、一緒に食事をする事もありえないのだ。喜ばしいはずなのに、姫様の立場が改善されているのだから。だが、寂しさが優先して素直に喜べない自分がいた。心が狭い人間だと恥ずかしく思ってしまう。

これからは姫様と食事をする事も、困った人たちね、と言い笑いあいながらビジドやフリード様の話をする事もなくなるのだな、と思っていると招待状が届いた。それも届けてくださったのはフリード様だ。

管理番室にフリード様が来られた時は大騒ぎだった。当然だろう。呼び出されることはあっても、来てくださるような立場の方ではない。震える手で招待状を受け取った。フリード様が来られた時点で姫様からだと分かっていた。

あの方を動かせるのは陛下と御両親、姫様ぐらいだ。姫様自身はその事に気がついてはおられないようだが。

離宮への招待を受け取った時、涙が出そうになった。

私の事を忘れてはいなかったのだと、嬉しさが込み上げてきたのだ。私のような身分の者が敷居を跨げる場所ではないが、忘れずに声を掛けてくださったのだ。許されるならこれからも伺いたいと思っている。

そして私にできる事は全力で、今後も姫様のお手伝いをしていきたいと思っている。

4章　災難は厨房からやってくる

城の一角を担う厨房は静けさに満ちていた。

本来なら厨房の中はいつでも騒々しいものだ。城に勤める人間は多いし、その人数の胃袋を満たす厨房はいつでも人手不足で、仕込みから仕上げまで時間との戦いだ。

なのに今日の厨房は咳払い一つできないような緊張感がみなぎっている。

下働きの者や見習いなどは、音を立てないように注意しながら下ごしらえを始めていた。緊張のせいか手が震えている。その震えが厨房の緊張感を表しているようだ。


原因は料理長のクックにある。

先週から分かっていたことだが、今日の昼食について陛下から不要と言われていたからだ。

これが出かけるから、他の貴族のもてなしを受けるから、などの理由であればクックにも不足はない。しかし今回は離宮の姫様のもてなしを受けるという。そのことがクックは不満だった。

10歳の子供の料理と自分の料理を並べられ比較されるのだ。不満に思わないはずがない。

クックの全身から不機嫌なオーラが出ていた。

ここにスピリチュアルな人間はいないだろうが、人間には本能がある。その本能で感じるのだろう。今、料理長に近づいてはいけない。怒らせてはいけない。そう感じるのだ。

調理の音は響くが無駄話は一つも聞こえてはこなかった。

クックの目は凍てつく氷のように冷たく光っている。姫様の事を考えているのだろうか。

前回の昼食会については仕方がないと思う。なんでもキッチンを作ってもらったお礼、という事だった。それは納得のいく理由だ。

しかし、今回は陛下が昼食会を希望されたと聞いている。陛下は自分の料理よりも姫の料理を気に入っている、ということになるのだ。

それに加え姫様は、朝食はともかく昼と夜も自分で作られている。厨房の料理よりも自分で作る方が美味しいという事なのだろうか。

人は美味しいものを食べたいし、料理人が作った方が良いということで貴族層が自分で調理をすることは無い。まして離宮の主人は『姫』なのだ。自分で料理をする、という発想さえないはずだ。それなのに自炊をするという。離宮の侍女たちに話を聞くと、後片付けまで自分でこなしているらしい。侍女たちはキッチンにすら入れない、手伝いを申し出ても断られるそうだ。

クックの思考は尽きない。

城下では姫様が考えた料理が流行っているそうだ。流行し始めてから1年。当然料理長である自分の耳にも入っているし、評判の店にも行って食べてみたこともあるが、さして美味しいとは思わなかった。それなのに陛下は姫様の料理を希望されたのだ。

料理長としての山よりも高く、海よりも深いプライドは傷ついていた。この城の料理長を任されるということは、大陸で最高峰という事だ。それなのに10歳の姫に劣ると、陛下に判断されたことは納得がいかなかった。物珍しさだけの料理と並べられるだけでも不愉快なのに、それに劣ると判断された。そのことが納得いかない。

クックの唇から息が吐き出される。近くで調理をしていた何人かの肩がビクリと震えた。それを見咎めたクックから叱責が飛ぶ。

「何をしている」

「「申し訳ありません」」

叱られた料理人たちはとばっちりだ、と思ったが反論できるはずがない。厨房は料理長の城なのだ。理不尽だ、と思いつつも料理人たちは黙々と下ごしらえを続けた。

クックの氷の瞳からブリザードが噴き出している。

厨房は多くのメニューを同時進行で作っている。客と使用人が同じ料理では問題があるし、貴族間でも上下がある。貴族でも全員同じもの、では問題になる。使用する材料にも差が出てくるのは当然だろう。当然のようにクックの頭の中には使い分ける材料も記憶されている。これができなければ仕事にならないからだ。

下働きの者が始めに覚える仕事は、使用される材料の種類を覚える事、言われたものを問題なく持って来る事から始まる。それがより早く、より正確にできるようになって、皮むきなどの仕事が初められるようになる。一定以上の仕事ができなければ次の段階には進めないようになっていた。ある程度の仕事ができる事、それと身分がなければ城に勤めることはできない。そこから先はさらに篩《ふるい》にかけられる。

城の厨房とは厳しいものだ。だからこそより良いものができる。町中の食事処とはわけが違うのだ。

そしてその基準を作り上げたのはクックだった。

クックは自分が料理長を務めるようになってから食事の質は上がっている、底上げをしてきたのは自分なのだという自負がある。それなのに物珍しさと流行りだけで自分と比べられるとは。不愉快を通り越して怒りを覚える。

何度も繰り返すようだが、料理長としてのプライドと厨房に対する威信が傷つけられたと思っている。

だが、クックの怒りを陛下に向けるわけにはいかない。

そうなれば矛先は当然姫様に向けられる。子供を相手に、とか相手は異国の姫様だ、と冷静な部分は思うが、怒りを鎮めることは難しかった。

クックの思考はスープストックを作る時のようにグツグツと煮込まれている。尽きない負の感情を抱えているクックに小さな声がかけられた。

相手は今年入ったばかりの新人だ。本来なら新人が料理長であるクックに声を掛けることはできない。自分の不機嫌な様子に、他のものたちから声を掛けるように押し付けられたのは間違いないだろう。

それに気がついたクックは少しだけ反省をする。声に怒りを滲ませないように注意しつつ、新人に返事をする。

「なんだ？」

「陛下がお呼びだそうです」

新人は震える小さな声でクックに陛下からの呼び出しを告げていた。


陛下のサロンには男性が3人いた。

2人は当然陛下と宰相だ。もう一人は先ほど呼び出された料理長だ。

クックは、自分が呼び出された理由がわからなかった。料理のリクエストは侍従や侍女から伝えられるし、晩餐会の予定なら典礼部から来るだろう。陛下自身から連絡が来ることなどありえないのだ。そのことを知っているだけに、クックは不思議でならなかった。

膝をつき陛下に挨拶の口上を述べる。

「お召しにより伺いました」

「ああ、急に呼び出したのはそなたに頼みたいことがあってな」

陛下の頼みという事は事実上の命令だ。クックに反論の余地はない。無言で受け入れるだけだ。

会話を続けるためだけの質問を返す。その応えに満足そうな陛下はにこやかに続きを語りだす。

「どのような事でしょうか？」

「離宮の姫の事だ。そなたも知っているだろう？」

「もちろんです。厨房より品物を届けさせていただいております」

「ああ、その姫の料理の事を知っているか？　城下でも流行っているようだが。食べたことはあるか？」

「ございます。城下の店でいくつか口にしました」

「そうか。どうだ？　なかなかの味だろう？」

陛下の言葉を否定することはできない。しかし美味しいとも思えないものを認めることはできなかったクックは沈黙を選ぶ。それ以外の道はなかった。


陛下はクックの沈黙を同意ととらえ、本題に入る。

クックは下を向いていて、その表情は見えず苦い顔を気が付かれる事はなかった。

「私は姫の料理を気に入っている。今後も定期的に食べたいと思っていてな。そなたたちに姫の料理を覚えてもらいたい。姫に依頼はしていないが、近いうちに厨房で料理をしてもらおうと思う。その時に覚えてもらいたいのだ」

「わたくし共が、覚えるのですか？」

「ああ、子供の姫ができるのだ。そなたたちなら簡単だろう？」

陛下はなんて事のない様子でクックに依頼する。形は依頼だが実質的な命令だ。

クックは言葉が出ない。いくら陛下の命令でも、この命令は受け入れたくはなかった。なんとか断る道はないのか。クックは思考を巡らせるが答えは出てこない。

陛下はクックの苦悩など関係なく着々と話を進めていく。

「これから姫はデビューや学校の支度が始まるから忙しくなる。その前に覚えてもらいたい。頼んだぞ」

クックが悩んでいる間に話が終わってしまった。口を挟む暇もなかったのだ。決定事項として話されていた。

クックは唇を噛むしかない。そんな彼に救いの手が伸ばされた。宰相閣下だ。

「料理長。大丈夫ですか？　厨房の日程はわかりませんが何か予定がありましたか？」

「いくつか気になることがございます。よろしいでしょうか？」

「もちろんです。私に答えられることなら」

宰相はクックの不安や不満を解消できるよう注意を払っていた。なるべく聞きやすい雰囲気を作るべく穏やかな表情を保つ。

厨房に大きな力はないが、城内の安定はなるべく保ちたいというのが宰相閣下の考えだ。

宰相の対応をありがたく思ったクックは素直に不安を述べ、不満を滲ませる。

「姫様の料理は一般的ではありません。皆様のお口には合わないかと」

「私の味覚に問題があると言いたいのか？」

クックの言葉に宰相よりも早く陛下が反応する。

クックは言葉を誤った。先程、陛下が気に入ったと口にしたのだ。その言葉を否定したことになると初めて気が付いた。

クックは慌てたが今さら口にした言葉は返ってこない。焦っている表情の上を冷汗が流れていく。それをとりなしたのは宰相だ。

「陛下、お待ちください。料理長は姫様ご自身の料理を口にしたことはないはずです。城下とでは出来上がりが違う可能性があります」

「そうか？　レシピが同じなら同じ味になるだろう？」

料理人以外の考えそうな事を陛下は口にした。

レシピが同じでも同じ味にはならない。

味覚が違う事も大きな原因の一つだが、調理工程や下処理の違い、味付けの順番が違うことで味が大きく変わっていく、それが理由の一つだ。

しかし失言をしたばかりのクックは、陛下の言葉を訂正しにくかった。

宰相自身も料理をしないので、確かにと頷くしかない。

クックは四面楚歌だ。ひたすら冷や汗を流している。今度は背中の汗が冷たく流れるのを感じた。

レシピが同じなら味は同じ、最高権力者たちはその答えに行き着いてしまった。当然ながらクックの考えを確認することはない。

その後、話はトントン拍子に進み、姫様は厨房に料理を教えに行く事になってしまった。

サロンからの帰り道、クックはきつく両手を握りしめた。

姫様が厨房に来ることになった。

子供の10歳の姫君に料理を教わる。これほど屈辱的なことはない。

クックは唇を噛みしめる。

陛下の命令だ。拒否権はない。それは姫様にとっても同じことだ。姫様も陛下の依頼を断ることはできないだろう。

姫様は悪くない。

クックもそれはわかっていた。しかし心は穏やかではいられない。理解する事と納得できる事は別物なのだ。

厨房へと帰りながら、部下たちにどう話そうか、決めることはできなかった。


宰相閣下の執務室にフリードがいた。離宮に出勤する前に寄ってほしいと宰相に声を掛けられていたからだ。呼び出されるような覚えのないフリードは、姫様の事だろうと思いながら執務室に入る。

「お呼びでしょうか?」

身分的にはフリードの方が上になるが、今は勤務中。国内で上から2番目の人物に親し気な口調は使えないだろう。フリードも公私の区別はしっかりしていた。その辺は父親の教育の賜物だろうか。

宰相もその辺はわきまえている。直属ではないが部下にあたるフリードだが身分の差は大きい、それなりの対応が必要となる。当然の事だろう。

「出勤前に申し訳ありません。先に話しておきたいことがあるのです」

「姫様の事でしょうか？　何かありましたか？　陛下が何か言われましたか？」

「ええ。そうなのです」

勘のいい、というよりも今の状況で話に上がるのは姫様の件しかないだろう。

国内は安定し今、この国に歯向かうほどの国力がある国はない。陛下の今までの苦労が実ったばかりで、しばらくは大きな問題は起きないだろう。この国の現在は安定と繁栄に力を入れる時期になっており陛下の考えとしては、そのために姫様を取り込みたいと思っているはずだ。

フリードにもその考えは感じられていた。


あの陛下が姫様に構いすぎだ。

いくら食事が美味しいからと言って、妃殿下のために作った離宮を使わせるはずがない。外交問題になるほどの問題を起こしてしまったお詫び、という事にしても行きすぎだ。離宮は他にもあるのだ。姫様には申し訳ないが、あの国を相手にするのなら他の離宮でも問題はないだろう。自分たちに苦情を入れられるほどの力はあの国にはないのだから。陛下にもそのことは分かっているはずだ。

その上でなお、妃殿下の離宮を使うように手配をしている。その意味は大きい。

あの離宮は特別だ。

殿下もあの中に足を踏み入れたことはない。陛下以外にあの離宮を使用した人間はいないのだ。

亡くなられた妃殿下のための離宮。妃殿下を大切にされていた陛下だ。亡くなられても妃殿下を偲ばれて造られた。その離宮は陛下が、妃殿下を偲ぶ時のみ使用される。今は亡き妃殿下がここを使われたなら、と思いを馳せているのだと聞いたことがある。

その離宮を、殿下さえ足を踏み入れたことのない離宮を、姫様に使わせる。姦《かしま》しい貴族たちが騒がないはずがない。そうまでして姫様の存在感を示したかったのだろう。陛下の本気度がうかがい知れる。

フリードから見てもそこまでして、と思わないこともない。

確かに子供という事を除いても姫様は優秀なのだ。

話をしていても子供を相手にするように手加減をして話す必要がない。10歳の子供を相手にありえない事だ。自分自身も10歳の時、大人びていると言われたが、姫様はその比ではない。

自分のあの頃を振り返ると恥ずかしいと思う事が多くあるし、手加減されていたと思う事も多くあるが、姫様にはその必要がないのだ。大人を相手にしているのと大差がない。時折、自分が手加減をされているのではないかと感じることさえある。

だがそれだけが理由ではないはずだ。陛下が姫様を取り込みたいのは優秀という事だけではないのだ。

一番の理由は陛下に進言できるあの胆力《たんりょく》だろう。

今、陛下に進言できる人間は少ない。正確に言うと宰相閣下一人だ。現在は権力にすり寄る者ばかりで、首を縦に振る人間しかいないのだ。諫言《かんげん》できる人物がいない。その事は陛下の一番の悩みでもある。

太鼓持ちは多くいるが、不興を買ってでも進言をしてくれる人物はいない。その事を憂いていた陛下に恐れることなく諫言する人物が現れた。それが姫様だ。

当時9歳だったが、裁判をするべきだと進言したのだ。それに伴うメリットとデメリットを添えてだ。ありえなかった。始めは子供が大人の真似をしているのだろうと、渋って見せたようだ。そうすれば意見を取り下げると考えられたのだろう。しかし、被害者としての立場を使いながら交渉してのけたのだ。

もちろん陛下がメリットを認めたから交渉は成立したのだが、あの立場が宰相閣下なら交渉はしなかっただろう。極刑なのだ。そのまま受け入れて終わりだ。

しかし、姫様は庶民の立場に立って交渉を始めた。弱い立場の人間に代わり上に立つものと交渉する。国を治める立場の人間としては必要な観点だ。その点も取り込みたい理由の一つのようだ。でなければあの場で息子の嫁になんて発言は考えられない。

その事を思うとフリードは陛下が姫様に無理を言ったのだろうと考えていた。今、宰相閣下に呼び出されたことも無関係ではないのだから。自分の思いにふけっている場合ではないはずだ。意識を宰相閣下に向ける。

「それで陛下はなんと?」

「実は」

宰相閣下に話を聞いたフリードは言葉がなかった。姫様を試すことも兼ねているのだろうが、面倒なことを。

正直な気持ちはその一言に尽きた。

姫様の近くにいるとメリットも多いが、今後は災難が付いて回りそうだ。

フリードは宰相閣下の前でありながらため息を隠すことはできなかった。

◆◇◆◇◆

私は爽やかな朝を迎えていた。

陛下との昼食会も終え、今後は自分のためだけに時間を使うことができる。

と言ってもマナーとダンスの特訓という課題がある。どこのスポコン漫画だ、というような状況になるのだが。そこは自分のためという事で我慢するしかない。だが、その時間以外は自由だ。本を読んだり、散歩したり、ボーッとしたり、なんでもできる。

実は私には密かな野望がある。

料理が趣味な人に多いあるあるだが、家庭菜園を作りたいのだ。

私は、前の生活の時には簡単な薬物やトマトなんかは自分でベランダ菜園をしていた。その趣味を復活できないか目論んでいる。もちろん大きくするつもりはない。本当に小さく自分が使う分を、簡単なものだけを作りたいと思っている。今の段階で行動を開始すると、自分のキャパオーバーになるのは分かっているので、胸の内だけで検討している段階だ。今度ビジドが離宮に来たら種や苗があるのか確認はしようと思っている。まあ、その時点でフリードにはバレてしまうのだろうけど。フリードは黙っていてくれると信じている。

これが成功すれば私のスローライフはまた一歩進むことができるのだ。ニヤニヤが止まらない。

自分の密かな野望を胸に朝食の席に着く。

ダイニングの用意は滞りなく整えられていた。

朝だけは侍女さんズに用意を整えてもらう事になっているからだ。私は席に着く前からテーブルに違和感があった。何が違うのと言われたら困るが、なんとなく違うのだ。侍女さんズは気にしていないようだが、私はその違和感に首を傾げていた。

席についても食事を始めない私に侍女さん達は不思議そうだ。

「姫様、どうかなさいましたか？　なにか不手際でも？」

「いいえ、大丈夫よ」

説明のできない違和感を言葉にすることはできず、私は食事を始めることにした。カトラリーを持ち、食事を始めようとするのだが、手が進まない。

もちろん、こちらの食事は私の好みではないので、美味しいとは思わない。でも、食べられないという事はないのだが、一口目を口にして違和感の正体がわかった。

いつも以上に味がしっかりしていないのだ。全体的にぼんやりしているし、パンのパサパサ感もひどいものがある。

私は完全に一口目から手が止まってしまった。出されたものは完食するのが私の主義だ。作ることを趣味にしているからこそ、作る人の気持ちがわかる。食べてもらえない事が一番悲しいのだ。そんなことはしたくないので、今までも頑張って食べてきた。しかし、これはいつも以上にひどい。食べられるものではなかった。食材に対する尊敬がない、あんまりだと思った。これがお店なら調理人を呼び出すレベル（やったことはないが）だと思う。

動きの固まった私に侍女さんが心配してくれたのだろう。様子を窺いながら声を掛けてくれた。

「姫様？　今日は体調でも？　何かございましたか？」

「いいえ。大丈夫よ」

心配をかけるわけにもいかず、頬を緩めて見せるがどうすればいいのかわからない。

よく見るとスープの中に入っている野菜も形が不揃いだったり、完全に火が入っていないようなものもある。

どういう事？　いつも美味しいとは思っていないけど、これはひどい。いつもと違う方向性のひどさ。これってどうすればいいだろう？　食べられないんですけど。完食が私の主義だけど。さすがに無理。

その事を口にするわけにはいかず、胸の内で嘆いているがこのままなわけにもいかず。私はスプーンを動かす。

美味しくない事をなるべく表情に出さないように注意しつつ、食事を進めるのが辛かった。水を飲み飲み、時間をかけても完食した私を自分で褒めたい、と思える程の辛さだ。

私の様子がいつもと違うので侍女さんを本気で心配させてしまったようだ。

「姫様。朝食に問題でも？　毒見では問題ないとの事でしたが」

「毒見？」

私は初めて聞く話に侍女さんを振り仰ぐ。私の驚き様に侍女さんの方も驚いたのか、目を大きく開いていた。私に説明をしてくれる。

「姫様ですもの。毒見が付くのは当然です。先ほど別なものに毒見をさせております。問題はなかったと聞いていますが？」

「そう」

私は毒見をされている事を知らなかったが、私が知らないだけで当たり前の様についていたのだろう。

この食事に疑問は持たなかったのだろうか？　毒見と味は別問題？　味が悪ければ毒は疑われない？　それともこの味は普通なレベル？　私の感覚がおかしい？　本当にこの料理を作ったのは誰？　今までとは違う格段のひどさ、作った人を聞くぐらいは許されると思う。

私はやはりこの味に納得ができず、侍女さんに調理人を確認するようお願いしていた。

「ここに運ばれてくる料理は誰が作っているの？　まさか、見習いの人ってことはないわよね？」

「もちろんです。姫様にお出しするものです。そんなことはありえません」

「そうよね。ありえないわよね」

私の立場は一応『姫』だ。見習いが料理を出すことはありえないはずだ。ではこれは誰が作ったのか？

私は疑問を抱きつつ侍女さんへ確認をお願いしていた。

これが更に問題を大きくすることを私は知らなかった。


私は美味しくない朝食を終え、リビングで本を読んでいる。

今日は昼からダンスの練習だ。私は完全なインドア派なので、昼から練習が決定しているのに、その前に無駄に体力を消耗する気はない。

体力温存のために、この国の歴史小説を読んでいるとフリードが朝の挨拶に訪れた。

フリードがこの時間に出勤なんて珍しい事だ。時間に正確で遅刻なんてしたことがないので、その事に驚きつつも挨拶を交わす。

「おはよう。珍しいわね。こんな時間になるなんて」

「おはようございます。申し訳ありません。宰相閣下に呼ばれていまして。その関係で遅くなり申し訳ございません」

「いいのよ。お仕事なら遅刻じゃないもの。それとも遊びの約束でもしていたの？」

「さすがにそれは。少し面倒な話をされまして」

フリードは言葉を濁すと私の方をチラ見する。これだけで私の事で呼び出されたのは間違いないようだ。


フリードが先を続けないので、私から話し出してほしいのだろう。だが、宰相からの話という事は厄介事だ。しかも発端は陛下だろう。間違いない。聞きたくないのが私の本音である。無駄な抵抗だな、と思いつつも違う話を振ってみる。

君子危うきに近寄らず、それを身をもって実行したい。

「今日は昼からダンスの練習なの。少しは上達しているといいのだけど。今日こそは講師の足を踏まずに済ませたいわ」

「姫様」

フリードは呆れたように私を呼ぶ。言外に、分かっているのに話を逸らすな、という言葉が滲んでいる。しかし、私はその言葉に乗るつもりはない。

「それとも2回で済めば上出来かしら？　フリードは上達する秘訣を知っている？」

「姫様」

今度は、諦めてください、という副音声が聞こえてきた。それは私の気のせいではないはずだ。しかし、気のせいにしたい私は聞こえない振りを継続する。

「今日は練習用のドレスではなく舞踏会用のドレスで練習するという話だったわよね？　私はそのドレスで踊れるかしら？　フェーバには動きやすいドレスを選ぶようにお願いした方が良いかしら？　どう思う？」

「姫様。諦めてください。分かっていてお話をされていますよね？」

諦めたらしいフリードは直接的な方向に話を持ってきた。どうやら観念しなければならないようだ。

フリードには申し訳ないがため息が出る。

「陛下が何か仰ってるの？　今度は夕食会でも開いた方が良いのかしら？」

「夕食会だったらよかったのですが」

今日のフリードの言葉は歯切れが悪い。奥歯にものが挟まった様子だ。私は覚悟を決めて先を促す。

覚悟が決まったら答えを聞きたくなった。はっきりしなくてはスッキリしない。

「フリード。覚悟を決めたわ。いつでもいいわよ」

「そうですか。安心しました。ではお言葉に甘えて」

フリードの言葉に私はゴクリと息をのむ。

何が来るのか。

できれば夕食会かお茶会程度で終わってほしい。それが一番お手軽に終わる内容だ。私の決意に満ちた眼を見てもフリードはからかう事なく言葉を紡ぐ。

「実は陛下から依頼がありました」

「依頼？　食事会の依頼ってこと？」

「いいえ。陛下からの依頼は厨房で料理長にレシピを教えてほしいそうです」

「⁇　どういう事？」

「厨房に料理を指導してほしい、という事です」

「何それ」

私は思いがけない事を聞いて素になってしまった。言葉遣いが乱れてしまったが、そこを気に掛ける余裕はない。

私が厨房の料理人に料理指導をする？　何それ？　どういう事？　ありえないだろう。

第一、料理人の皆さんに失礼だ。私の料理は素人の家庭料理だ。プロに教えるようなものではない。それなのに料理指導？　ありえないだろう。

完全に固まった私は再起動ができなかった。

現実を受け入れたくなくてしばらく固まっていた私だが、どうにか再起動を果たすとフリードに詰め寄る。

「ありえないわ。どういうことなの？　無理でしょう？　ありえないでしょう？　料理人の皆さんだって気分が悪いはずだわ。陛下は何を考えていらっしゃるの？」

「本当ですね。私も同意見です。厨房の考えが気になります」

「そうでしょう？　私もそう思うわ」

私は考えてもいなかった話に呆然とし、憤慨する。これは私も同じだが陛下の依頼である以上断るという選択肢は存在しない。厨房は料理のプロだ。子供の私から料理を習うなどと、プライドが許さないだろう。揉める未来しか想像できない。

「どうしよう。このままだと、厨房と全面的に揉めるよね？」

「それは間違いないと思います。陛下の命令とはいえ、彼らも納得できないでしょうし」

「私も不本意なのだけどね。彼らはそんな事は知らないだろうし」

「そうですね」

フリードが同意をしてくれて、慰めにはなるけど根本的な解決にはならない。2人してブルーな気分になっていると、フェーバが入ってくる。彼女の表情もよろしくなかった。厨房の件も心配だが、彼女の表情が曇っているのを無視することはできなかった。

「どうしたの？」

「姫様がお尋ねの件で厨房に確認をしたのですが」

「今朝の件ね。どうだった？」

私の確認にフェーバがなかなか口を開かない。その様子で私は大体の予想がついた。今回の陛下の事が原因ではないだろうか？　そう考えると業務的には問題だが、心情的には理解できる。困ったものだと考えていると、今朝の件を知らないフリードになんの事かと確認される。フェーバは陛下の依頼を知らないので情報共有を行うことにした。

フリードがため息をつき。フェーバは再度眉を潜めている。

フリードは、陛下が原因ではないかと、私の意見に同意をしてくれる。

フェーバは、これからダンスの練習など忙しくなるのにどういうつもりなのかと、感情をあらわにフリードに食って掛かっていた。

だが、この件に関して、フリードは悪くない。陛下の命令でどうしようもないことなのだ。

そこは訂正しておくと、フェーバも理解できるのかフリードに謝罪してくれていた。フリードも涼しい顔で問題ないと受け入れてくれているので助かる。

しかしこの問題は、どう収めるべきか。頭が痛いのは間違いないことだ。昼からダンスの練習もあるのにため息しか出てこない。

私はダンスの練習をしながら講師の指導を受けていた。

音楽をよく聞いてと言われている。自分ではよく聞いてそれに合わせているつもりなのだけど、できていないのは間違いない。

その証拠に、練習相手になってくれているフリードの足が犠牲になっている。

私がフリードに申し訳なく思っていると、講師は今日の練習を諦めたのか終了を宣言し、フリードに自主練をお願いしていた。フリードもそれを快く受け入れてくれたので、休憩タイムになる。

私はその事にホッとしてありがたく休憩に入る。

お茶の香りを楽しみながら、そういえば朝食は誰が作ったのか確認していなかったのでフェーバに確認すると、フェーバからいつもと同じように料理長が作ってくれたと聞いた。

料理長があの食事を作った事に違和感を持つ。

私に反感を持っていたとしても、料理長は立場のある人だ。そんな人がたった数時間のために陛下の信頼を裏切り、自分の立場を失うようなリスキーな事をするだろうか？　そんな短絡的な人に料理長という重責を担えるだろうか？　私はあの朝食と料理長を天秤にかけて考えていたところ、一番大事なことに気がついた。

料理長にはあの料理は作ることができないということだ。

その事に気がついた私は、その理由を併せて２人に説明する。

料理ができる料理長には下手に作ろうと思ってもある程度の料理が作れてしまうということだ。わざと下手に作ってもプロの痕跡は残ってしまうのだ。

その事を２人に説明すると納得はしてくれたのだが、最終的には厨房の不手際に代わりはないと言う。まあ、その言葉は間違いないのだが。

私はこの問題を穏やかに解決するべく、取り敢えずは静観することにした。厨房にもクレームは出さない事にしたのだ。

フェーバは納得できないようだったが、そこは一時的に飲み込んでもらった。

そう言って静観してもらった翌日、朝食を持ってきてもらうと、やはり昨日と同じものだった。

フェーバから食べなくてもわかるのかと言われたが、伊達に長く料理をしているわけではない。

食べなくてもある程度は分かるのだ。

確認のために一応食べるが結果は言わずもがなだろう。

後から出勤してきたフリードにもその説明を繰り返す。

問題は今後のことだ。これをどう収めるかが大きな課題になる。

私はその事を考えつつ、厨房に直接話をしに行くことに決めていた。そのためには証拠が必要だ。今朝の朝食を証拠として持参することにした。


フェーバに、お昼に厨房に行くことを伝え、美味しくない朝食を終えて厨房への案内をフリードにお願いする。

フリードもフェーバも私の事を信用してくれているのか、何も言わずに一緒に行動してくれるようだ。その信頼を裏切らないように行動しようと心に決める。


「姫様。もうすぐ着きますよ」

私は広い広い迷路のような宮殿を歩いて厨房に向かう。厨房につくとフリードは迷うことなく、声をかけることもなく奥の方に入っていった。

途中で見かける人たちはフリードを見ると黙って頭を下げる。その人たちに声をかけず、取次を頼まなくて良いのかと私は不安に思ったが、フリードは更に奥に進んでいく。

その様子を見ている私はハラハラしていたが、フリードは気にする様子もなく厨房に入ると一言声を上げていた。

「料理長はどこだ？」

フリード。聞き方、聞き方があるよね？　どういうことですか？　喧嘩を売りに来たわけではないですよ？

私は焦ってフェーバを見るがフェーバも涼しい顔をしていて焦る様子はなかった。そうしていると奥の方から40代後半くらいの男性がやってきた。身長はあるがお腹周りがかなり大きめのがっしりした男性だった。この人が料理長なのだろう。私の予想は外れずフリードの前に立つと挨拶をする。どうやら顔見知りのようだ。私は身体が小さいのでフリードの後ろにいるとしっかり隠れてしまう。フリードはそのまま話を進めてくれていた。

「クック、確認したい。これはどういうことだ？」

フェーバが持っていた今朝の料理を、料理長の前に突き出していた。

料理長はクックと言うらしい。

クックは突き出されたスープ皿を眺めている。なぜこの皿を自分に出されたのか理解できないようだ。なに？　と疑問が顔に出ていた。その様子から私は素直な人なのだろうと当たりを付ける。

素直なその人は分からないままフリードに聞き返していた。

「どういうこと？　とはどういうことでしょうか？」

「昨日と今日。２日間姫様に出された料理だ。これは料理長であるクックが作ったものだろう？」

「姫様にお出しする料理は私の方で調理させていただいています。何か問題でも？」

「食べてみろ。それでわかるはずだ」

クックの反応にフリードは不愉快そうな様子で鼻を鳴らしている。

不愉快なのはクックも同じなのだろう。口角がへの字に曲がっている。だが立場上、フリードに何も言えないのか、お皿を受け取り中を見ていた。その瞬間クックが不審な顔をする。それを見た私は自分の推測が当たっていたことを確信する。

やはりこのスープは料理長が作ったものではない。

クックはスープを口にする前に疑問を口にする。

「これが姫様に供されていたスープですか？」

「そうだ。一応パンも持ってきているぞ。そちらも食べてみるか？」

フリードはパンも渡そうとするがクックの手は塞がっていた。どうしようもないので簡易式のテーブルが用意される。その上にパンとスープが置かれ、クックはその2品を眺めている。

その様子が気に入らないのか、フリードが食べるように声を掛けていた。

「どうした？　食べないのか？　味は分かっているから口にしなくても問題はないか？」

フリード、言い方。言い方が、威圧的。ちょー威圧的。怖いから。

私はフリードの威圧的な言い方にかなりビビッてしまっていた。むしろドン引き。貴族の皆々様はこんな話し方が普通なのだろうか？

フリードの後ろに隠れながらクックの対応を眺めていると、クックは反発する事もなく、スープを一口食べて目を伏せた。

「申し訳ありません」

クックが謝罪の言葉を口にする。言い訳もしなかった。その態度にフリードがキッと眦《まなじり》を上げた。

「そう言うからにはクックが作ったことで間違いないのか？」

「厨房から出された食事は全て私の責任です。申し訳ありません」

「質問に答えていないが？　私はクックが作ったのか聞いているのだが？」

「申し訳ございません」

やはりクックが作った料理ではないようだ。そうだろう。あまりにも今までの料理と違いすぎる。別な人が作ったのに間違いない筈だが、その事を言う気はない様だ。作った人を庇っているのだろう。

私はそこまではっきりしたので次の段階に進むことにした。クックが言う気がないのであれば、本人に名乗り出てもらうしかない。


「料理長。私を知っているかしら？」

「もちろんです。姫様。初めてお目にかかります。この城の厨房を預かっておりますクックと申します。この度はわたくしの不手際でご迷惑をおかけして申し訳ございません」

クックは何も言わずに私に挨拶をする。

そして頭を下げたまま自分の不手際を詫びてくる。このまま自分の不手際で終了させるようだ。そんな事をさせるつもりは私にはなかった。このまま終了となれば誰にとっても気分が悪いし、特に私の印象は最悪のものとなるだろう。私が一番の貧乏くじだ。

「それで、料理長。この責任はどうするつもりかしら？　私にこの料理を出した事がどういう意味を持つかは分かっているわよね？」

「はい。十分に理解しているつもりです」

「そうよね？　これは2度目だし。前回の事は侍女長たちが勝手にしたことで、厨房は直接関与していないけれど、私からすれば2度目だと思う気持ちは変わりないわ」

「はい。仰る通りだと思います」

「それで、どうしてくれるのかしら？」

私は追及の手を緩めない。このまま中途半端にすれば有耶無耶になりそうだからだ。フリードもフェーバも口出しはしてこなかった。

本来なら私が直接話をすることはないのだが、フェーバも何も言わず私がすることを見守る姿勢になっている。その事をありがたく思いながら事態の収束に向けて続けていく。

クックの考えを聞くべく話を促す。

私の予想が正しければクックはこの職を辞めると言うはずだ。

「姫様に2度も大きなご迷惑をおかけしています。その事からもわたくしがこの職にあるのは不適当かと思いますので。今日限りでこの勤めを辞したいと思います」

「あなたの後はどうするつもりかしら？　突然の事は他の方にも迷惑をかけると思うのだけど？」

「幸いに副料理長も十分に育っていますので問題ないかと」

クックの言葉に周囲がざわつく。厨房の方では料理長が辞めるなんて想像もしていないはずだ。ざわつくのは当然だろう。

しかし、料理長であるクックが職を辞すると言っても犯人は名乗り出てこない。私の予想ではこの辺りで出てくると思っていたのだけど。

計算が甘かったかしら？　それとも怖くなって出てこれなくなった？

「そう。副料理長。あなたはそれで良いのかしら？」

ここで終わることはできないので副料理長を呼び出す。

私の言葉に真っ青な顔をした副料理長が出てきた。

挨拶の言葉も出てこない。無言で首を振り拒絶の意志を示す。本来なら許されない行動だが、今日は目を瞑る。予想外すぎて言葉がないのは理解できるからだ。

2人を前に私は困ってしまった。

私の予定ではそろそろ料理を作った本人が出てくると思っていたのだが、やっぱり名乗り出ない。

あら？　目測を誤ったかな？　これって、私がこの人たちを断罪している感じになる？　こんなに時間を取られる予定ではなかったのだけど。

どうしよう？　私は内心焦っていた。

調理をした人間が名乗り出てくると思ったら意外にも出てこなかった。料理長が職を辞するという形で収まりそうだ。形式上は平然としつつ内心は冷汗ダラダラだ。料理長と副料理長は言い訳もせず私の前で床を見つめたまま。この状態では私が悪者だ。

厨房側から見たら、いきなり乗り込んできた異国の姫が、自分たちの料理長をいじめている以外の何物にも見えないだろう。

自分でも思っていない立場になってしまった。

私はこの場の収め方を考えていた。計算とは違い予想外の方向なので困っていたのだ。フリードもフェーバも私を見守る姿勢なので手助けは期待できない。

喋れることがないので沈黙していたら、クックは私が怒り心頭と思っているのか稲穂のように首を垂れる。仕方がない、もう少し脅して犯人に自首してもらおう。そう決断すると私は口を開く。

「では、料理長。今回の件の」

「待ってください。自分です。自分なんです」

泣きながら私の前に男の子が出てきた。男性、というよりは男の子という表現が相応しいと思う。その子をまじまじと眺めながら、密かに息をつく。

良かった。名乗り出てきた。

今まで出てこなかったから、怖くて出てこれないのかと、心配になっていたのだ。

「あなたがしたことなの？」

「はい。そうです。自分が作って入れ替えていました」

男の子は震えながら私を見据えて話す。本来なら私を見ているのは問題行動なのだけど、その事は知らないようだ。隣にいた副料理長が何かを言いながら慌てて頭を押さえつけていた。

その行動に逆らわずにいる。

その様子を眺めているとクックがその子をかばう様に言い募る。

「厨房から提供される料理はすべて私の責任です」

「それはそうだな。知らなかったでは済まされない」

フリードが追い詰めるように正論を吐く。フェーバも頷いていた。

確かにその発言は間違っていない。上に立つものは下の責任を持たなければならない。間違いのないように監督する責任があるのだ。その事は私も同意見だ。今回の陛下の件があったとしても間違いは正さなければならない。

私は男の子の前に移動して、その子に理由を確認する。

「どうしてこんな事を？」

「じ、自分は」

「黙っていろ。厨房の事は俺の責任だ」

クックの低い声が重々しく響く。その子は慌てて口を噤《つぐ》み黙り込んでもう一度俯いた。

「料理長、私はこの子に聞いているわ。返事をするのはあなたの役目ではない。理由は？」

もう一度返事を促す。クックをチラチラと盗み見る。黙っていろと言われたせいか話しにくい様だ。仕方がないので、少し話しやすいように仕向ける。

「あなたが本当の事を話さないと、料理長は職を辞するだけで済むかしら？　ねえ、どう思う？」

「そうですね。事は外交問題になりかねませんね。前回の事もありますし」

私の誘導に乗ってくれたのはフリードだ。それを聞いた子は息を詰め、慌てて話し出す。

「じ、自分は聞いてて」

「何を？」

「姫様が厨房に来るって。それで」

「私に来てほしくなくてあんな事をしたの？」

その子は大粒の涙をポロポロと零しながら頷いた。

「こんな事になるなんて思ってなくて。ごめんなさい」

ふう、と私は小さく息を吐く。周囲に聞こえないように注意が必要だ。フリードは呆れていた。こんなことをしでかした理由が思いもよらない事だったからだろう。

何せ理由が小さな嫉妬だ。料理長の邪魔をするであろう私が許せなかったのだろう。嫌がらせをすれば私が厨房に来ないと考えたようだ。

私としては予想の範囲内だ。むしろ想定内？　クックは顔を青くしている。大人組はどんな大層な理由を考えていたのだろうか？

毒殺の可能性とか、私に対する貴族の嫌がらせで誰かに強要されていたとか、そんな事を考えていたのか。まあ、今の私の立場ならありえない事ではない。

でも、この子くらいの方が理由としては普通だと思う。

「申し訳ありません。監督が不十分でした。私の責任ですので。こいつは」

クックはその子を庇っている。目をかけていた子なのかもしれない。

副料理長はすいません、をひたすら繰り返していた。こんな時はすいませんは、使っちゃいけないんだけど、と思いながら３人を見る。

なかなかのカオス状態だ。

料理長は自分の責任ですと言い、副料理長は顔を白くしてひたすら謝って、見習い君は顔をぐしゃぐしゃにして泣いている。

他の料理人たちは遠巻きに私たちを見ていた。

この場を収拾することができるのは私だけだ。長引かせるのは得策ではないだろう。早々に決着をつけるつもりだ。男の子を見つめ脅しも兼ねて大げさに話を持ち掛ける。

「わかったわ。とりあえず。あなたには罰が必要だわ。こんな事をしたのだもの。覚悟はあるわね？」

「はい」

グシグシと泣いていたその子は袖で涙を拭う。自分で責任を取る覚悟はあるようだ。

「待ってください。自分の責任なので」

「料理長」

副料理長が発言を遮り、袖を引いている。クックを庇いたい様だ。その様子を見るとクックは皆から慕われているのだろう。こんな人を辞めさせたら私への風当たりはひどい事になりそうだ。

「あなたの責任も勿論あるわ。でも、本人にも責任は取ってもらわないといけないでしょう？」

「そんな」

「待ってください。悪いのは自分なんです。料理長は何も知らないんです」

「そうでしょうね。でも責任者は知らないではいけないのよ。知らなくても下のしたことは上の責任になるの。覚えておきなさい。知らないでは済まないのよ」

私は男の子に微笑みかける。

その子の青かった顔が白くなった。


その子の名前はプリットと言うらしい。

子供の浅はかさだと思うが、プリットはクックを慕うばかりに視野が狭くなっていたようだ。

料理長は自分の責任だとひたすら謝罪しており、副料理長は真っ青になっている。他の料理人たちはこの様子を遠巻きにしておりなかなかカオスの状態になっていた。

プリットは子供だが責任を取らなければならない。

私は子供のイタズラとして全てをまとめる予定だ。そしてこの場で身分が一番高いのは私だ。多少の越権行為が混ざっているのはわかっていたが、子供の将来と教育をほどこすのは大事なことだと思っている。

私は、今回の件が始まった時から決めていた方法で場を収めることにする。

「では、まずはあなたから」

今回の発端になったプリットに話しかける。プリットは引き締まった表情になっていた。自分で責任を取る覚悟があるようだ。

その覚悟を感じる表情に私は頷いて見せる。

「あなたには厨房を辞めてもらいます」

「はい」

納得できるのか、さしたる反発もなく唇を引き結び頷いている。後ろの調理人たちはざわついていた。想定内か想定外か外野はひそひそ話している様だ。しかし、私の発言に慌てたのはクックだ。

「姫様。そいつはまだ若いんです。まだこの先があるんです」

「クック。口を挟む許可は出していないが？　この程度で済んでありがたいだろう？　本来ならこの程度では済まないぞ。わかっているだろう？」

フリードに諫められ、俯く。自分の立場と今回の件を思い出したようだ。しかし、ここで終わらせるつもりはない。

クックは無視してプリットだけに話しかける。

「これで終わりではないわ。あなたはいくつなのかしら」

「はい。15歳です」

「入ったばかり？」

「はい。見習いです」

「料理長が好きなのね？　憧れているのかしら？」

「はい。自分をここに入れてくれたのは料理長です」

プリットの言葉にクックへの尊敬を感じた。こんな見習いの子からも慕われるのなら、クックは真面目で誠実なところがあるのだろう。

「では、あなたへのもう一つの罰よ。これがしっかりできれば今回の事は不問にします」

不問にする。その発言を聞いて、ざわついていた厨房内が静まり返った。私の言葉を聞き逃さないようにしている様だ。

「もう一つは、私の離宮で下働きをしてもらいます。主に私のキッチンの管理と下ごしらえを手伝ってもらうわ。良いわね？」

全員の視線が私に集まるのを感じた。驚いているのだろう。誰からも突っ込みがない。それを良い事にクックにも罰発言をする。

「料理長であるあなたにも、罰があります」

「はい」

呆然としながらクックが頷く。プリットへの罰の内容が意外すぎて現実に帰ってきていないようだ。

「いいえ、これは連帯責任なので、厨房の全員とします。明日は全員で私の好きな料理を作ってもらいます。加えてクックはそのメニューを完全に覚える事。それが罰です。いいわね？」

「え？」

副料理長をはじめ全員がキョトンとして私を見る。これにはフェーバも含まれる。しれッとしているのはフリードぐらいかもしれない。

「いいわね？　返事は？」

「姫様。それが罰ですか？」

「そうよ」

副料理長が確認する。静まり返っていた厨房内が再びざわつき始める。ひそひそ話が聞こえてくる。それでいいのか？　嘘だろ。みたいな感じだ。

仕事を辞めさせるとか、極刑になるとか投獄されるとかいろいろ考えていたのだろう。それが予想外すぎて、考えが追いつかないのかもしれない。

「問題があるかしら？」

「いいえ。務めさせていただきます」

副料理長が返事をする。厨房内を見回すと、思っていたよりも軽く済んでホッとしているのと、戸惑っている人と反応が分かれている様だ。

私はその様子を見ながらプリットに話しかける。

「あなたが一番つらいでしょうね。料理長であるクックの指導も受けられず、仲間とも違う部署になる。教え合う同期もいない。その上、この国の料理の中央から離れる事にもなる。でも、それがあなたのしたことに対する罰よ。これを問題なく終わらせることができれば、今回の事は不問にできる。最後まで頑張れるかしら？」

「はい。しっかり務めさせていただきます」

「料理長、期間は決めていないけど、終わればこちらに戻ることは問題ないわね？」

「はい。姫様の判断にお任せいたします」

「分かっているわね？　料理長。この子が戻って来るまであなたも辞めることはできないのよ。最後まで見届けるのがあなたの役目だわ」

「はい。最後まで責任を持ちます」

クックもしっかり頷いてくれた。プリットはキリッとした顔になっている。今回の過ちで一つ成長できたようだ。これが続くのか元に戻るのかはこの子次第だろう。

厨房の空気も穏やかになっている。

その事に私も肩の力を抜く。

これで今回の件は終わりだ。

後は陛下からのミッションを終わらせれば全てが終わる。それを思えば明日で終了だろう。上手く全部が収まりそうだ。

時刻は昼過ぎ、料理人の皆さんは今から昼食に入るはずだ。その前にとんだ騒動で、食事の準備は今からだろう。この騒ぎでは、用意はまだなはず。下手をしたら食べられない人も出てくるかもしれない。

そこを心配していた私は対策をしている。少しだが摘まめるものを用意していたのだ。

「クック。今から食事の時間だろうけど、次の用意も考えると急ぐ人もいるだろうから、これを足しにしてくれる？」

私はフェーバに合図をして、多めに用意しておいたパンと大きめのクッキーを渡す。パンは私の自信作だ。今まで研究をして改良したものになる。

こちらのパンよりも美味しいと自負しているものだ。少しでもお腹の足しにしてほしい。

「口に合わないかも知れないけど、お腹がすくと辛いから」

「ありがとうございます」

「明日の時間も今ぐらいの予定だけど、問題は？」

「ありません。お待ちしています」

「わかったわ。では」

クックも少しは安心したのだろう。表情が穏やかになっている。

私は今日の予定をクリアしたので離宮に戻ることにした。

私は大きなため息をつきたいのを我慢していた。

フリードとフェーバからのお説教が待っているだろう。厨房は丸く収まったけど、私の試練は今からだ。


厨房から離宮へ歩き出した私を、失礼します、とフリードが抱き上げてくれる。私が不思議そうに見上げたら笑みを零してくれた。

「さすがに離宮まで歩くのは姫様のお身体では大変ですので」

意外に真面目な理由だった。確かに、ここから更に歩くのかと少しうんざりしていたので、ありがたい。そう思っていたら、フリードから小声で、これからどうするのですか？　と聞かれた。

私が変な事をしないか気にしてくれているのかもしれない。心配をかけるのは本意ではないので、同じように小声で耳元に、離宮に着いたら説明する、と返しておく。

頷きを返してくれたフリードはそれ以上何も言わず黙々と、私を抱っこして歩いてくれた。

フェーバはいつもの無表情に戻り、私の後をついてくる。もちろんおしゃべりなんてする事はなかった。

寒い季節になっている。だが私は別な意味で寒さを感じていた。特に後ろから。

離宮に着くまでの我慢だ。着いたら着いたで大変だが、取り敢えず身体だけは温めることができるだろう。

どうしてだろう。私は穏やかなスローライフを望んでいただけなのに、スローライフになってない。

納得できない案件だ。

やっぱりこれは陛下が悪い。陛下が絡んでから騒動に巻き込まれている気がする。

もしかしたら、離れにいた時の方がのんびりできていたかもしれないと感じる。

横領の問題はあったけど、実質私の問題点は食事事情だけで、ドレスとかはいらないから気にしてなかったし。鉄格子はあったけど防犯用と自分に言い聞かせていたし、離宮に移ってからはのんびりできてないな。

今のところは思いつかないけど、何か今後の対策を考えた方が良いかもしれない。

私はフリードが代わりに歩いてくれるのを良い事に、自分の考えに没頭していた。


そうしている間に離宮に着いた私は、サロンで一息。

目の前にはフリードとフェーバがいる。

2人には私の考えを説明しておくべきだろう。もちろん嫁候補から外れようという考えを除いて、である。


「2人ともあのプリットを入れるのは反対かしら？」

「賛成はできませんね。姫様のお考えは立派なものですが、警備上身元を確認していない者を離宮に入れるのは反対です」

「そう。フェーバは？」

「わたくしも反対でございます。姫様はあの子のしたことを小さな嫉妬からと仰いましたが、同じ事を繰り返さない保証はございません。加えて、姫様のお客様がいらした時に思い違いをして何かをしないとも限りません。その結果の責任は姫様に向かいます。今回の姫様のように理解をしてくださる方が相手とは限りません。その事を思えば子供とはいえ責任をしっかり自分で取らせるべきです。姫様が責任を負う必要はないのですから。それに一番不愉快な思いをしたのは姫様ではありませんか。その姫様が庇う必要はないと思いますが？」

2人のいう事は一々もっともだ。自分本位の気持ちが芽生えていたことを申し訳なく思うほどに考えてくれていた。

ここは自分の問題には一度蓋をして、真面目な話をしよう。邪《よこしま》な（嫁候補から外れたいという）思いもあるが、あの子の将来を思う気持ちもあるのは本当なのだから。

「2人ともありがとう。その気持ちを無視するつもりはないのだけど、あの子を離宮に入れる気持ちは変わらないわ」

「「姫様」」

珍しく2人が同時に厳しい声を出す。一瞬それにひるみかけたけど、気持ちを奮い立たせる。

「わかるわ。2人の言う事はもっともだもの。正しいわ」

「そう仰っていただけるのなら、お考え直しください」

「毒を身の内に抱える必要はないかと思います」

翻意《ほんい》を促す2人は、かなり本気の訴えだ。そこに絆《ほだ》されそうになるが、それでは今日の事が無意味になってしまうので堪える。

私は2人を説得にかかる。正直に言えばフリードも反対だとは思っていなかった。厨房では涼しい顔をしていたので、私の意見に賛成してくれていると勝手に思っていたのだ。予想外だった。

「2人ともよく聞いて。あの子はまだ15歳なのよ。一度の失敗で今後の人生を棒に振ってしまう事になる。それはあんまりではないかしら？　この失敗であの子は学んだはず。自分のした事が周囲に迷惑をかけてしまうと。同じ過ちは繰り返さないと思うけど。どうかしら？」

「姫様。わたくしの前任の侍女長には裁判を求めたと耳にしております。その時の対応とあまりにも格差があると思いますが？」

「確かにそうよ。あの時は明らかな犯罪だったし。対象は成人した大人たちだった。でも、今度は違うでしょう？　あの子は子供で、未成年。今度は犯罪ではないわ。子供のいたずらよ。それに対して大人が目くじらを立てるのはどうかと思うの。どうかしら？」

「いたずらですか？」

「そうよ。子供のいたずら。被害者の私が言うのだもの。間違いないわ」

私のいたずら発言に2人は、何言ってるの？　という顔になった。

無理もない。私に違う料理を出すという事は国際問題でもあるし、下手をしたら毒殺を疑われる事になる。本来なら相手が子供でも重罪に問われる内容だろう。

それに心配してくれている2人に向かって、いたずらだから見逃せと言っているのだ。

ふざけるな、と思われても仕方がない事だと思う。私の信用問題にも関わって来るだろう。

だが、あの子の問題を軽く済ませるにはいたずらだというしかないのだ。

私も考えが甘かったとも思う。そこは反省するべき点だ。2人が私の安全面にここまで神経を使ってくれているとは考えていなかったのだ。


サロンの中は極寒の雪山（登った事はないけど）を想像してしまうほど寒いままだ。

フリードからも冷気が発せられ、寒さが追加されていく。私一人遭難しそうな気分だ。この2人の冷気は恐ろしい。が、間違いなく原因は私だ。耐えるしかない。

始めのブリザードはフェーバからだ。

「姫様。いたずら？　とはずいぶんな事を仰いますね？　姫様はご自分の立場を理解しておいでですしょうか？　ここにはご自分の国の代表として立っていらっしゃるのですよ？　ご自分の発言には責任が伴います。ひいては国許にもその責任は問われることもあるでしょう。それでもいたずらと仰るのですか？　失礼ですが姫様は賢い方だと耳にしていたのですが？」

「言いたいことは分かるわ。私もフェーバの立場なら同じ事を言うでしょう。それでもこの判断を覆す気はありません」

怖い。寒い。体感温度が下がっている。だが、今言われたように自分の発言には責任を持たなければ。言い出したのは私だ。フェーバが終われば次はフリードが控えている。ここで時間を食うわけにはいかない。

「フェーバ。もう一度言うわ。あの子は子供なの。子供には教育が必要だわ。教育されていないのになんでもできるようになれなんて無理よ。教えても同じ事を繰り返すのであれば、その時は躊躇うことなく裁判をすればいいわ。それまでは私が責任を持ちます。身分とは、子供を守るために、何も知らない人たちを守るためにあると思っているわ。今回は私の越権行為、私が口を挟むのは問題がある事も分かっている。それでも、私が口を挟むことで救われる子供がいるのなら、私はこの身分を振りかざすわ。それが許されるもの。フリードもフェーバと同じ意見？」

「そうですね。防犯上も宰相閣下のお考えからも、離宮に勝手に人を入れるのは反対です」

フリードのブリザードはフェーバよりも幾分柔らかい。それでも冷たい事と私の意見に反対な事は変わりない。

自己責任だが厄介なことになったと思う。私の感覚と、この世界の人の感覚の違いを考慮していなかったのは失敗だ。ここまでの反発は予想もしていなかった。泣きそうだ。だが、口にしたからには責任を持たなければならないし、モロモロ（自分の邪な計画を含む）を考えると考えを覆すという選択はなかった。

「わかったわ。2人とも反対なことに変わりはない。ここに人を入れるなら宰相の許可がいる。そう言いたいのよね？　では、明日、宰相に時間を作ってもらって頂戴。この件に関して私から説明して、プリットの件について許可を取るわ。それでいいわね？」

「姫様が閣下に許可を取ると？　そこまでされるのですか？」

「私が原因で2人の責任を問われるのも、叱責されるのもおかしなことだわ。それに言い出したのは私なのだから、口にした事には責任を持つわ。私が許可を取るのは当然の事。フリード。明日、時間を作ってもらうよう確認してもらえるかしら。時間は夕食の前ぐらいが助かるけど」

「わかりました。姫様がそこまで仰るのなら、明日、宰相閣下に時間を確認しておきます」

「お願いね。フェーバも、宰相が許可を出せば、不服かもしれないけどこの問題は納得して頂戴」

「かしこまりました。宰相閣下の許可が出るのなら、私が口を出す事ではございませんので」

「では。この問題は明日、確認が取れれば問題はないわね？」

「「かしこまりました」」

フリードは納得できないようだが、取りあえずは頷いてくれた。フェーバも納得できないようだが、宰相が判断するなら口を挟むつもりはない様だ。

ラスボス戦は明日に持ち越された。


お茶をフェーバに頼むと、さりげなくフリードが私の後ろに控えた。

通常業務に戻るようだ。この問題がここまで大きくなるとは思っていなかったので気疲れをしてしまった。

「お疲れですね」

「こんな問題になるなんて思ってもいなかったわ」

「他の方法もありましたでしょうに。なんでこんな方法を？」

「他に方法なんてあった？　私は思いつかなかったけど？」

フリードは私の返答に微妙な顔になった。真面目に分からなかった事を強調するために真顔で頷いて見せる。

「見習いの将来を気にされるのであれば、離宮で引き取らずとも、町の食堂に見習いに出すとか。下働き期間を5年くらいと決めて、料理に触ることを禁止するとか。厨房に所属ができないようにして、他の就職先を探させるとか。そんな方法では問題がありましたか？」

私は目から鱗だった。そんな方法があるなんて考えてもいなかったのだ。支配階級の人は思いつくことが違うのだろうか。私では思いもつかなかった。

なるほどと感心しているとフリードは本当に思いつかなかったのかと信じてくれた。

「本来なら姫様が関わる事ではないので、思いつかないのも無理はないのでしょう」

「ありがとう。慰めてくれて。自分の視野の狭さと、大口を叩いたのに力押しでいい結果をもたらせなかったことに反省しているわ。こうなったらあの子は離宮でかなりつらい立場になるわね。私が思っていた以上に肩身が狭くなるかも」

「そこは仕方がありませんね。それも含めての罰なのでは？」

そう言われるとぐうの音も出ない。


私はぐったりとしてベッドにもぐりこむ。

今日はハードな一日だった。何がハードって、フリードとフェーバの反対だ。これは精神的にかなり応えた。フリードが心配してくれているのは分かるけど、フェーバがあそこまで反対するのは想定外だった。

まあ、宰相の許可がないのに、というのもあるのだろうけど。

自分が悪いので自業自得ともいう。今日はいろいろな意味でいい勉強になった。

今日の事を脳内で振り返りつつ、明日の事へ思いを馳せる。

明日はラスボス戦、いや、ラスボスは陛下なのでボス戦だろうか。話の運び方が重要になる。

今の時点でフリードから大まかな話は伝わっているはず。これに反対か賛成か。

反対されるだろうな。

私は寝返りを打つ。

宰相なら私の希望を叶えてくれるだろう。会うのは夕食前になるはず。

その時間なら厨房での料理教室終了後、そうなればこの時間に会う事が私に有利に運ぶはずだ。

そこを上手く利用したいと思っている。

私の最終目標は、①プリットを離宮勤めへ配属変更する。②私は物分かりが悪いという評価を得て、殿下の嫁候補から外れる。

以上の2点である。

明日もハードな一日になりそうだ。

体力温存のために寝ることにしよう。

◆◇◆◇◆

料理人たちは姫様の後ろ姿を最敬礼で見送った。

全員が思うのは、助かった、の一言に尽きる。

今回の一件は厨房全員が極刑から重罪、関わっていなくても罰金・強制労働などのどれかに問われるのは間違いなかっただろう。それが姫様の判断で免罪となった。ありえない事だ。

料理人たちは、助かったと思うのと同時に、姫様の身は大丈夫だろうかと心配になった。いくら姫様でもこんな勝手な事をすれば、お咎めがあるのではないのだろうかと心配になったのだ。

クックと副料理長は料理人たちよりも更に不安に駆られていた。

立場上これからの予想がつかないはずはない。


特にクックは姫様の今後の立場を心配していた。

料理の説明を求められる立場でもあるクックは、多くの貴族たちの噂を耳にする。その中にはもちろん離宮の姫様の事も含まれる。

噂になっていたのだ。

あの姫様は殿下の婚約者候補筆頭であると。陛下が自ら打診し、そう望んでいると。

もし、今回の事で姫様にお咎めがあれば、婚約者候補から外れるだろう。

それが貴族の令嬢や姫君たちにとって、大きな問題になることは簡単に予想ができる。

異国から来られているだけでも大変なのに、横領問題で大変な思いをされ、今回は自分たちが嫉妬から反発して、姫様に大きな迷惑をかけてしまった。そんな自分たちを姫様は自らの身を顧みず、見習いを始め厨房全体を庇ってくれたのだ。

料理長という立場にある自分は、本来なら厨房全体を守る立場なのに。

本当なら、あの場で自分がプリットの罪を言及しなければならなかった。それなのに一時の感情で厨房全体を危険にさらしてしまった。結果としてプリット一人守れず、姫様が全ての事をその身に負ってくださったのだ。

クックは自分の浅はかさを恥じ、反発したことを後悔していた。

プリットも自分を見ていたからこそ、姫様に反発をしたのだ。すべては自分が招いたことだ。自分が受け入れていればこんな事にはならなかっただろう。

悔やんでも悔やみきれないクックは苦悩する。姿さえ見えない姫様を見送ったまま悔やんでいると、一人の料理人から声を掛けられる。

「料理長、このパン。姫様が作られたものでしょうか?」

料理人から差し入れのパンを渡される。

柔らかい丸パンだ。

自分たちが作るより一回りは小さいだろうか。

まだ少し温かいパンを受け取り一口かじる。自分たちが作るパンとは全く違う食感。塩味がきつくなく、ほのかに小麦とバターの香りがする。優しい味だ。

長く料理に関わってきたクックだからこそわかる。一口で十分だった。

自分たちと全く違うものだと胸の中にストンと降りてくる。

「陛下が気に入られるはずだ。我々とは違うものだ」

自分には作り出すことのできない料理を姫様が作っている事を理解した。根本が違うのだ。

厨房が作る料理は味も勿論だが見た目も重要視される。見た目の華やかさや豪華さで権威を表す事もあるのだ。晩餐会や会食では必要な事だ。だからこそ、誰から見ても、誰が食べても華やかで豪華な事を追求する。

だが、姫様が作る料理は優しいものなのだろう。食べる人に寄り添い、食べる人のためだけに作られるもの。

このパンだって小さく作られている。姫様は、夕食の準備があるから時間がないだろうと、気にしてくださっていた。手早く食べやすいように小さくしてくださったのだろう。小さな気遣いだが、気がつくことができれば嬉しいものだ。

その人に合わせた料理は、温かさや優しさを感じさせる。それは気持ちを温かくさせ嬉しくさせるものだ。自分たちにはないものなのだ。

陛下は我々にこの事を学ぶように言いたかったのだろう。

違うものを学ぶことは恥ずかしい事ではなく、喜ばしい事だ。それなのに。

始めから学ぶことだと思っていればこんな事を引き起こすことは無かった。

苦いものが込み上げてくる。料理長は、パンを見つめ自分にできることを考える。

自分にできることは少ない。しかし姫様は越権行為をしてまで自分たちを助けてくれたのだ。

ならば、自分もできることをするまでだ。

クックは一つの事を思いついた。それを行うため厨房を出て行った。


クックは陛下の夕餉の配膳を行っていた。

「今日はそなたが配膳とは珍しい。何かあったのか？　姫からの料理指導を断りたいというのは聞かないぞ」

本来なら配膳係がいるのだがそれを無理やり交代したのだ。クックは、自分にできることを一つしか思いつかなかった。

「とんでもございません。姫様の料理指導を楽しみにしております。明日、指導を受けることになっております」

「そうか。では、どうしたのだ？　こんな事をするからには、私に言いたいことがあるのだろう？」

「陛下。それは私から」

クックが切り出す前に宰相からの横やりが入る。

この場には宰相閣下もいた。

その横やりに陛下は嬉しそうな顔をする。自分が予想していなかった事が起こったのを感じ取ったのだ。先を促すとうんざりしたような様子の宰相が面倒なことをしてくれたと、話し出した。

「そうか、そうか、姫がそんな事を」

「陛下」

陛下は宰相から話を聞くと大声で笑いだした。

それはそれは楽しそうに。

許されるなら腹を抱えて大笑いしたいところだろう。食事中という事でこれ以上の大笑いはマナー違反と思ったのか、忍び笑いに変えて耐えていた。

予想していた反応とはいえ、それが面白くない宰相と冷汗をかいているクックがいる。

「楽しそうですね。陛下」

「本当にあの姫は私を楽しませてくれるし、予想外の事をしてくれる」

「陛下。姫様は私たち厨房を庇ってくださったのです。どうかお咎めならわたくしに」

陛下たちの話に口を挟むなどそれだけでも重罪になる可能性があった。だが、クックも必死だった。

姫様に咎がないようにしたかったのだ。

それだけの事を自分たちはしてもらったのだ。自分もそれだけのものを返さなくてはならない。そのチャンスは今しかなかった。機会を逃すまいとクックは言い募る。

「わたくしの態度に問題があり、見習いが勘違いをしたのです。加えてわたくしは厨房を預かる身、厨房の全てはわたくしの責任でございます。どうかお咎めはわたくしに」

「いや、いいのだ。料理長。そなたたちの気持ちも理解ができる。第一、姫が判断を下したのだろう。私が口を挟むつもりはないぞ。姫の行動に感謝するなら、姫に示す事だな」

「陛下。ありがとうございます」

「心配がないなら本来の仕事に戻るがよい。それとな、私が姫の裁定に異論がない事は、姫には内密にな。私か宰相から話をしよう。良いな？」

「かしこまりました。ありがたく存じます」

陛下の裁定に安心したクックは、晴れ晴れとした表情になり陛下の前を辞する。

それを見送った宰相は苦々しい顔だ。陛下にクレームをつけたいという気持ちが透けて見える。

「陛下。姫の裁定をそのままに？」

「ああ、さすがは姫だ。自分への嫌がらせを逆手にとって厨房全体を取り込むとはな。あの様子では厨房は姫の事を好意的に思っているだろう」

「ですが、越権行為です。姫様自身が口にしていた法の秩序を破ることになります。矛盾しますが？」

「どうせあの姫の事だ。いたずら、とでもいうだろう。いたずらなら法には触れないからな。第一この話を知っていたのなら、お前は姫の言い訳を聞いているのだろう？」

「ええ、聞いております。陛下の言われたことと同じことを言っていました。ええ。子供のいたずらだそうです。子供か、大人か、一番微妙な年齢ですので、言い訳としては異論が出てもおかしくはないでしょうが。よろしいので？」

「そうか？　子供のいたずらに目くじらを立てるのは大人げないな。良いのではないか？　我が国では成人は18歳としている。15歳は子供のうちと言えなくもない。おかしくはないだろう」

「ですが、この裁定では他の者も同じことを起こさないとは限りません。その際はどうするおつもりで？」

「そうだな。その防止策は考えておいた方が良いだろう。抜け道がないようにな。対策を立てるとしよう」

陛下の言動は予想できていた宰相だが、ため息が零れるのを隠すことはできなかった。

宰相の胸の内は、あの姫様は鬼門だ、である。

姫様に関わって良い事は一つもない。いや、一つあるとすれば食事が楽しみな事だろうか？美味しい食事は気持ちを和ませてくれる。

それ以外では仕事を増やされるばかりの宰相である。その点では貧乏くじと言わざるを得えないだろう。


そうは思っても仕事をおろそかにできない性分の宰相は、確認を怠ることはなかった。

「わかりました。もう一点。明日、姫様からの面会希望が私にありました。今回の件です。問題の見習いを離宮に入れたいと、よろしいので？」

「ああ。料理長にも伝えたが、姫の裁定に口を挟むつもりはない。かまわん。姫の采配を見る良い試金石《しきんせき》だ。だが姫の話の持って行き方は確認したい。反対の立場から聞いてほしい。お前が納得できなければ厨房はそのままでよいが見習いの扱いは任せる。なるべく姫の希望に沿う形にはしてほしいが、必要であればその処置をして良い。任せる」

「承知いたしました」

やはり仕事が増えたと肩が落ちる宰相閣下だった。

◆◇◆◇◆

料理長であるクックが離宮のダイニングに入ってくる。その後ろには今日の担当であろう侍女がいた。

私は入ってきたクックに驚きすぎて何も言う事ができなかった。疑問符が頭の上に浮かんでくる。

「失礼いたします」

どうして朝からこの人がいるわけ？

私の不思議そうな視線を受けてクックが確認したいと言い出した。忘れていたが、今日の料理指導に必要な材料や道具の説明をしていなかったのだ。迂闊だった。他の事に気を取られすぎていた。反省しつつ今日のメニューを告げる。

「料理長。今日はコロッケを作りたいと考えています。副菜は葉野菜の千切りと、スープはお味噌汁の予定です。副菜はもう一品必要だと思っていますが、その一品は厨房の皆さんに考えて頂きたいと思っています。作る過程で合いそうな副菜を考えて頂きたいです。道具については一般的なものだけなので特殊なものは必要としません」

「コロッケ？」

クックはコロッケという単語を口の中で転がしている。コロッケそのものの説明をしていなかった私は、ジャガイモを使った料理であることを説明する。

ジャガイモそのものはビジドが広めてくれていて、厨房にも入荷されていた。厨房で使うのは嫌がられると思っていたら、その地方の出身の料理人と売り込みたい貴族との要望がマッチして、少しずつ使用されるようになったらしい。

メニューの一番人気はジャガバターとビジドから聞いたことがある。

その関係でジャガイモに忌避感はないはずだ。

「承知いたしました。時間は予定通りで？」

「ええ。夕食に出せる時間で考えています。間に合わないかしら？」

「問題ない時間です」

「それなら問題ないわね」

「はい。本日はよろしくお願いいたします」

クックは確認事項を終えるとそのまま出ていった。何か嫌味の一つでも言われると思っていたのだが、穏やかなものだ。私はその事を意外に思って呟いているとフェーバから、嫌味を言われたら自分が黙っていなかった、と言われてしまった。最近言葉数が増えてきた印象のあるフェーバである。

「私に教わるのよ？　嫌味も言いたいと思うけど？」

「姫様。昨日の事をお忘れですか？　あれだけの事をしてもらっておいて感謝できないなら、長を名乗る資格はありません」

「あ、はい。そーですね」

フェーバはご立腹だった。これ以上はつつくまい。私は穏やかな午前中を過ごしたい。

「よろしくお願いいたします」

厨房の中で料理長のクックをはじめ全員が私の前に並んでいた。なかなか壮観な眺めだ。

お料理教室の始まりである。

午前中に説明したように今日はコロッケを作る予定だ。

簡単にレシピの説明をして、そこから調理のスタートをする予定である。指導なんて立派な事をしたことのない私は、家庭科の調理実習を思い浮かべ、それに沿って行う事にした。他に方法を思いつかなかったというのが、正しい。

「では、材料の説明から。ジャガイモ、玉ねぎ。牛肉などですが、牛肉は細かく切っていきます。ジャガイモは蒸して潰すのですが、手間がかかるので皮は剝いて蒸します。茹でるよりも水っぽくなりません。それ以外にも……」

その後は簡単な蒸し方や、肉のみじん切りもお願いしつつ説明を行う。

コロッケなので肉は少し粗目でもＯＫだ。肉のゴロッとした食感を美味しく感じるはずだ。ジャガイモも本来なら茹でるのが普通だと思うのだが、私は手間を省きたくて皮を剝いて小さくカットしてレンチンしていた。その関係で蒸して使う事にした。レンジのありがたさを実感している。

今日のメニューをコロッケにしたのは理由がある。簡単な理由だ。

私が食べたかったのだ。

だが、コロッケは手間がかかる。

先日、フリードに力仕事をお願いした時、楽をすることを覚えた私は、お料理教室と称して私の食べたいものを作ることにしたのだ。

正直に言えば、でないとやってられない、という気持ちもある。

コロッケは作業工程が多い。ミンチがないので肉をみじん切りしなくてはならないし、パン粉もないのでパン粉を作らなくてはならないのだ。そう思うと一人で作るのは時間がかかりすぎて嫌になる。なので人手が多いこの日にコロッケを作ってもらう。

今日覚えてもらう事ができれば、今後は好きな時にコロッケを食べることができる。授業料として時々作ってもらってもバチは当たらないはずだ。

私は自分の欲望丸出しのお料理教室を行いながら、料理人に注意点を説明していると、どこかみんなが好意的だった。注意にも嫌な顔をせず『ありがとうございます』なんて言われてしまう。

この好意的な対応に逆に驚く。もう少しぎくしゃくする事を想定していただけに、肩透かしを食らった気分だが、順調に進められるのなら何よりだ。


さすがは王宮の料理人たち、大まかな説明と少しの指摘で問題なく調理工程を進めていく。そうなると私は眺める事しか仕事はなかった。厨房を全体的に眺められる位置に陣取り、厨房を眺めているフリードがポツリと一言。

「なるほど。姫様はコレを狙っていたのですね。だから見習いの罪を減《げん》じるのにこだわっていたのですか」

「なんのこと?」

「いえ、なんでもありません」

フリードの呟きに私が振り向いて確認するが、フリードは爽やかな笑顔を浮かべたまま、それ以上は何も言わなかった。私は何のことだと首を傾げようとして気がついた。

もしかして、厨房との関係性を良好にするために見習い君を利用したとか思われている？

チラッと彼を見ると、爽やかな笑顔のまま。何を考えているのか、私では判断がつかなかった。厨房についてここで話すわけにはいかないが、誤解を受けている気がする。

誤解を受けている気がするが、確認もできないし。私はモヤモヤした気持ちを抱えつつお料理教室を続行するしかなかった。


どこかのタイミングで誤解を確認しよう。

誤解なら、そのままにすると後が大変な事になる気がする。私の心配をよそにコロッケ作りは着々と進んでいた。

料理人たちは手際よくコロッケを丸めてくれている。私はその際に、形にこだわる必要がない事を説明していた。

今日はお料理教室だ、自分の好きな形を作って楽しんでもらいたいと思っている。

人に出すものは気を使うものだが、自分が楽しくなければ料理そのものが嫌になるのではないかと思ったのだ。

「姫様。本当にわたくしの好きな形でよろしいのですか？」

不安そうに一人の料理人が聞いてくる。言葉だけでは不安は拭えないようなので、私は実践して見せることにした。コロッケの種をもらうといろいろな形を作る。パン粉はつけにくいと思うが星形やハートも作って見せた。

「ほら、こんな形も楽しいと思わない？」

「よくは分かりませんが可愛い形ですね。子供たちが喜びそうです」

「そうね。こんなのはどうかしら？」

ついでとばかりに一口コロッケも作って見せる。他の料理人たちも覗き込んでいた。その上で好きな形を作る事、中に何かを入れても良い事も追加で説明する。これも実践しないと分からないと思うので、チーズをもらい、中に入れる。その事に刺激を受けたのか料理人たちはアイデアを出しながら、成形を始めていた。楽しそうなので水を差すことはせず、クックのところへ行く。

陛下たちに出すものを作る前に、試食タイムだ。

自分たちが作ったものを食べて、味を覚えてもらう必要がある。

私はさっき作った一口コロッケを揚げてもらう事にした。一口ならその場ですぐに食べることができるし、大体の食感も感じてもらう事ができるからだ。ついでに夕食分の種を冷やす時間ができるので、一石二鳥だ。

そしてクックに揚げてもらう事にした。揚げる感触を一番に覚えてもらう必要があるからだ。今後、指導をするにしても自分が理解していなければ教えることはできない。

私がクックを指名すると、他の料理人が、自分が、と言い出しそうな雰囲気があった。だがクックが視線で黙らせていた。眼光一閃と言うやつである。

私にはない迫力で羨ましい。これがあれば読書の時間を邪魔された時に有効活用できるのではないだろうか？　邪な考えを持ってしまった。

しかし、これを見ると、厨房が料理長の城という事が感じられる。私はその事には触れず、クックにいくつかの注意点を伝える。なにより大事なことは油を多めに使う事だ。

油の量を少なくして揚げ焼きでも美味しいのだが、多めに入れた油で泳がすように揚げる方が油の温度が一定になるので、多く作る時は必要だと思っている。

その辺も注意しつつクックにコロッケを揚げてもらう。コロッケを揚げるのは初めてなためか何度も触ろうとするので、何度も触る必要はない事を説明する。爆発したり、衣が剥がれたりするのであまり良い事ではない。私の言葉に返事はするのだが頭に入っているのかは別問題だ。油の熱さだけではないであろう、額に汗が浮かんでいる。緊張もあるのかもしれない。そこには触れず淡々と進めていく。部下がこれだけいる中で注意ばかりされるのは料理長としての立場がないだろう。

そうこうしているうちに、一口コロッケが揚がっていく。私は揚がった傍から味見をするように料理人たちに配っていく。試食は料理人の特権だ。

そして予想はしていたが、熱い視線を感じる。が、ないものはない。

作ってない人たちの分はありません。物欲しそうに見てもフリードの分はありません。表面上は無表情を装っているフリードだが、私にはわかる。あの目はコロッケを狙っている。

でも、あげません。ありません。という思いを視線に込めて見つめ返す。思いは伝わったのだろう。視線を外された。ついでとばかりにフェーバと小声で話しているのが見えるが、私からは何を話しているのかは分からない。その様子を気にしていると定番の声が上がった。

「熱っ」

「うまっ」

「なんか伸びるぞ」

最後の一人はチーズだな。

その他にも、『俺もだ』とか『それ、美味そう』、『いいな』なんて言い合っている声が聞こえてくる。概ね好評の様だ。良かった。この間に夕食用の種は冷えているはずだから本番の分を作っていく予定だ。皆が練習で作った分は賄《まかな》いに回してもらう予定になっている。私が作ったものは当然離宮に持ち帰らせてもらう。私の夕食にする予定。それくらいは特権だと胸を張って言いたい。

「お味はどうかしら？」

私は少しふざけて聞いてみせる。料理人たちも話し方でふざけているのを感じたのだろう。笑顔で『美味しいです』と返ってきた。

感覚も掴んでいるようなので職員用の分は遠慮なくお任せする事にして、陛下たちの分をクックと作ることにする。と言っても彼も問題はないので私は眺めているだけだ。やはりプロは違うなと思って眺めているとクックから小声で話しかけてきた。

「姫様。昨日は申し訳ございませんでした。このような形でお話しさせていただくご無礼をお許しください」

「いいのよ。私に気を使ってくれているのは分かるわ」

私も小声で返しておく。

こんな話を他の料理人に聞かれたらせっかくの良い空気が霧散してしまう。それは本意ではない。クックも改めてお詫びをしてくれたし、この話はこれで終わりだ。

私はその事を示すために一つの提案をする。

「料理長。私がコロッケを作る提案をしたのは理由があるの。今度から私がコロッケを食べたくなったら厨房で作ってもらいたいわ」

「勿論です。ぜひ我々にお声掛けください。喜んで作らせていただきます。他の料理も教えて頂ければわたくし共で作らせていただきます」

クックも何かを感じてくれたのか笑顔で太鼓判を押してくれた。今後も良い関係性が作れそうである。

「ありがとう。ではこれからもよろしく」

「はい。こちらこそよろしくお願いいたします」

これで今後は厨房とも仲良くやっていけそうだ。

ホッと胸を撫で下ろすことができた。


料理指導終了後、私は宰相に会うために執務室を目指していた。事前に私が呼び出す事も可能だと言われていたが、会いに行くことにする。その方が話をうまく進めることができると思ったからだ。

執務室まで歩いている間にフリードの勘違いを訂正しておこうと思ったのも、理由の一つだ。

「ねえ、フリード。さっき厨房で何か勘違いをしていたと思うのだけど」

「勘違い？　厨房で？　何のことでしょうか？　姫様」

「ほら、これが狙いでしたか、みたいなことを言っていたでしょう？　誤解していると思って。そんな事は考えてないからね。計算して行動するなんて事できないから」

そう、私は計算して行動するような器用なことはできない。思いつくままに行動しているのだ。まあ、大事な話の前は話を組み立てたり、会話の内容を想像して答えを用意する事はあるけど、それだけだ。それ以外の事は想定できない。フリードにもその事を力説すると、私の話を黙って聞いてくれていたが、呆れたようなため息をつかれた。

私の前でそのため息はいかがなものか、フェーバに叱られると思うけど、とフェーバを見たら彼女は額に手を当てている。この２人、なにか言いたそうだ。

「わかりました。そういう事にしておきましょう。その方が安心ですしね」

「分かってないでしょ？」

話を聞いているようで聞いていないフリードを睨んでみせるが彼は気にしていないようだ。私から見ると『何言ってくれるの!!』という気分だが、フリードはどこ吹く風で聞き流している。

これはダメだ。何を言っても逆効果になりそうだ。

フリードの中で、私は計算高い子供になったらしい。

現時点での説得は諦めて、頭が冷えた頃に話す方が賢い気がした私はこの話を打ち切る。

フェーバも聞いているはずなのに反応はゼロ。この話をどう思っているかは分からなかった。厨房でフリードと話をしていたし、予想だけど私の話をしていたと思う。だが、この様子では何を話していたかは教えてもらえなさそうだ。

私が諦めたのを察したのか、フリードが別な話題を振ってきた。これから会う宰相についてだ。

「姫様。宰相閣下にどのように話をされるつもりですか？」

「どのようにって、そのままよ。ありのままを話すわ」

「見習いを離宮に迎えたいと話すのですか？」

「そうよ。他に話しようもないでしょ？」

宰相への対応の方法を確認されたが、私にできる手段なんて限られたものだ。しかも私は交渉の高等てくにっくなんて持っていない。気持ちの上ではテクニックは平仮名になっているはず。諦観《ていかん》の念が現れているはずだ。

私は諦めを胸に執務室に到着した。フリードが来訪を告げ、中に通される。面会希望を伝えていたせいか準備をして待っていてくれたようである。

私は行動に出ないように注意しつつ気合いを入れる。今日のミッションは2つ。成功できるように話運びは組み立ててきた。昨夜のイメージトレーニングの成果が発揮できるように頑張りたい。

「お待たせしたかしら？」

さりげなく上座にエスコートされ、当たり前を装いつつ、話の主導権を握るべく上から目線で挨拶代わりのジャブを放つ。私の対応に宰相は片眉を上げる。意外に思ったようだ。今までの私の対応と違うので当然だろう。しかし、私は話し方を変えるつもりはなかった。そのままソファに腰を降ろす。

今日の目的を滞りなく達成するためには必要だと判断しているからだ。宰相は私の対応を気にする様子はない。私の前に腰かけると普通に話し出した。

陛下抜きで、宰相と2人で（フリードやフェーバもいるが）正面切って話をするのは初めてだ。もしかしたら、陛下がいないから、上から目線の話し方だと思っているかもしれない。

「いえ、とくには。時間通りです。姫様からご希望がおありと聞いていますが？」

「ええ。知っているのなら話は早いわね」

「どのようなご希望でしょうか？」

「知っているのに私に聞くのかしら？　まあいいわ。宰相。私は離宮に一人、見習いを入れたいと思っているわ。問題はないわね？」

なるべく傲慢に。これがポイントだ。私は慣れない話し方に苦労しつつ頑張っている。内心は冷や汗ものだ。

私が言い切った話し方をしたが、今度は宰相の眉は上がらない。表情が変わらないので何を考えているのかは分からなかった。

私が苦手とする部類の人だ。のっけからこんな感じで、上手く話を進めることができるだろうか？

不安しかない。

「姫様。何をお考えかはわかりませんが離宮は使用人も厳選しております。入れたいです。はいそうですか。と言う訳には参りません。身辺調査もしておりませんし」

「ええ、その話はフリードとフェーバからも聞いているわ。２人からも反対されているわね」

「そうでしたか。それでしたら、わたくしがお伝えしたいこともご理解いただけると思うのですが？」

宰相は私に柔らかな微笑を見せながら、内容は『分かっているなら、グズグズ言わずにさっさと離宮に帰れ』と言っていた。私はその副音声を聞き流し、滅多に使わない扇子を広げる。

私は普段はこんなものを持ち歩かない、準備を言いつけられたフェーバが驚いていたほど、持ち歩かない一品だ。その普段は使わない扇子を広げ目元に当てる。

私は表情を取り繕うのが上手ではないので小道具を使う。

「分かっているわ。宰相。あなたとしては自分の知らない人間を離宮に入れたくない。どんな人間か分からないし、誰の縁故かも分からない、危険因子でしかありませんからね。それでも私は必要だと考えているわ。本来ならあなたの許可は必要としないはず。それでも形を作るためにあなたに話をしているだけよ。わかるわね?」

決定事項だと言外に匂わせる。不愉快な話にも宰相は柔らかい笑顔を崩さない。

羨ましい鉄のメンタル。私にはできない。何を考えているのだろう。扇子の下でじれったさに歯噛みをしたい私には想像もできない。だが、ここで負けるわけにはいかない。私のミッションはなにも完遂されてはいないのだ。

軽く扇子を動かし風を自分に送る。小細工が苦手な私は頭に血が上りやすいので、頭が茹で上がらないように冷やす作業が必要だ。

「決定事項とは、また。ご自分のお立場をお忘れですか?」

少し鼻で笑われたような気がする。怒りの副音声も聞こえる。『人質が調子に乗るとはおこがましい』これは私にもわかりやすい。言っている事は分かる。

私も普段ならこんな事はしない。大人しくしているし、問題ないように順当な手順を踏む。揉め事は避けて通りたい主義だ。自分の立場もあるし、国許に何かあっては困るのだ。

だがここからが本番だ。立場の話をしてもらえたので話がスムーズにできそうだ。私は姿勢を変えてゆったりと座る。姿勢を崩すことなく雰囲気だけ落ち着いている様に見せる。

そして唐突に話題の転換を図る。

「ええ。分かっているわ。宰相。そういえば今、宮殿内では私の噂話があるみたいね」

「ええ。ご存知ですか？」

「詳しくはないけど、私とあなたには好ましくない内容だと耳にしているわ。あなたの意見はどうかしら？　私と同じだと思っているのだけど？」

「姫様にとっては好ましくない噂ですか？」

「ええ。好ましくないわ。噂だけしか耳にはしていないけど。あなたも同じだと考えていたけど？　違ったかしら？」

「そうですか。好ましくない噂ですか」

「ええ。何度でも言うわ。好ましくないと考えているわ。誰にとってもメリットのない噂よ。そうは思わない？」

宰相が口を噤《つぐ》んで私を見る。気持ち程度だが口角が上がって見えた。それと認めると同時に私も扇子をパチンと閉じて宰相を見つめ返した。

「宰相。私は宮殿内の噂話は好ましくないの。その上で見習いを離宮に入れると決めたわ。あなたが反対しても。私の決定事項として入れます。意味が分かるかしら？」

しっかりと見据え、もう一度宰相に同じ話を繰り返す。宰相も柔らかい笑顔のままだが喜色の色が見える。

私のサインに気がついてもらえたようだ。良かった。

「ええ。姫様。よくわかりました。姫様のご意志は固いようです。私が反対してもそうされるのなら私にはどうする事もできません。姫様の身分には勝てませんので。御命令に従うだけです」

「ありがとう。理解してもらえて嬉しいわ」

相互理解ができたようなので嬉しさが出てしまった。ニッコリと宰相を見てしまう。その宰相は噴き出していた。

「姫様。それでは台無しですよ」

「仕方がないわ。私には苦手な分野だもの」

宰相の軽口につい普段の話し方に戻っていた。不満で唇が尖ってしまうのは許してほしい。やはり腹芸は限界があるようだ。ここまで頑張ったのでもういいだろう。宰相も理解できたようだし。私のミッションは完遂だ。

今回の事で私は宰相に身分を振りかざし、自分の我を押し通した我儘な姫。ろくでもない姫だと噂が立つ事だろう。貴族の間でよくない噂が立てば私の評価など一気に地に落ちる。見習い君も無事に離宮に迎え入れられそうだし。始めは大変だろうがそこは頑張ってもらうしかない。

「姫様。入れるのは決定事項で構いませんが、数日は時間を頂きます。身辺調査は欠かせませんので。安全は別問題です」

「構わないわ。私の決定事項の上で安全調査をして問題があった。だから安全上許可ができない、と言うのであればどうしようもないわ。あ、でも一度、クレームは入れさせてもらうわよ？」

「承知いたしました。ですが、姫様。それは口にしてはいけませんよ？」

「ダメなの？　もういいと思ったのだけど？」

「姫様。壁に耳ありと申します」

「そうね、気をつけるわ」

宰相はガッカリと言いたげなため息を零す。私は今後の迂闊な発言に注意する事を約束していた。いい感じで話が進んだのに最後はなんとも残念な感じになってしまった。

まあ、ミッション完遂で良しとしよう。私は自分で自分を慰めた。

私は自分の大きな目標を達成することができたので、ご機嫌で離宮のキッチンに立っていた。

執務室からの帰り道、フェーバが無表情ながら何か言いたげな様子が見てとれたが、気がつかない振りをする。ここで私から話を振ると災厄が降ってきそうなので、自分から地雷を踏むような真似はしない。フリードからも感じていたがそれもスルーした。


そして私の今日の夕食は楽しみにしていたコロッケだ。

宰相とのミッションも無事に終え、食べたかったコロッケを食べるのだ。ご機嫌にもなろうというもの。

私は鼻歌を歌う勢いでコロッケがメインの夕食の準備をする。ルンルンな私の様子を見ていたフリードは我慢ができなかったのか私に爆弾を投げてきた。

「姫様。なぜ宰相閣下にあのような事を？」

「さっきの話？」

私は付け合わせのサラダを用意しながら問い返していた。

私は大満足の内容でもフリードとしては、宰相との取引は納得いかないものなのだろう。

終わった話を蒸し返されるのは、気分のいい話ではないが、これからの事を考えるとある程度、私の考えも理解してもらわないといけないのかもしれない。

私はサラダを作っている手を止めてフリードの方へ向き直る。

「私が宰相と取引をしたことが納得いかないの？　それとも取引内容に不服があるの？」

「私が不服を唱える立場ではありませんが、どちらかと言えば内容が納得できない、と言うところでしょうか？」

フリードの話しぶりで不服申し立てと感じた私は、これを片付けないと気持ち良く夕食を食べられない事を理解した。

取り敢えずは私の考えを話してみよう。

文句があるならその後に聞こう。あの内容で理解してもらえると思っていたが、やはり人は話さないと理解し合えないものだと再認識する。

「フリード。私が殿下の婚約者候補になりたくないと言っていたでしょう？　覚えている？」

「ええ。もちろんです。今年一年の目標にされていましたね」

「そうよ。そのためには宰相に私が候補に相応しくない、と理解してもらうのが一番早いわ。この話を持ち出したのは陛下だし。それを思うと宰相には私の味方になってもらいたかったの。殿下の候補に相応しくないと宰相が周囲に話してくれれば、話してくれなかったとしても周囲がそう思うように誘導してくれれば、後は周りが勝手に思ってくれるわ。周囲の貴族たちも私が皇太子妃になるのは相応しくないって理解してくれる、そもそも望んでいないでしょう。さすがの陛下も貴族の反対が多ければ強引に話を進めるのは無理があるでしょう？　だから、あの話になったのよ。分かってくれた？」

「ええ、姫様が本気で候補から外れたいという気持ちがよくわかりました」

「分かってくれてよかったわ」

私はフリードにニッコリと笑いかけると夕食の準備を再開するが、彼は動かず私の動きを見守っていた。まだ何か言いたい様だ。

サラダの盛り付けをしながら首を傾げてみせると、苦笑しながら、もう一つ心配な事があると言い出した。視線で続きを促す。

私の手は揚げ油の準備に入っていた。

「姫様の話しぶりでは離宮の事はすべて自分の采配で、という事になります。閣下と今後話の相違が出ないと良いのですが」

「なんの話？」

フリードの話が理解できない私は本気で首を傾げた。

そんな話、したっけ？

「していましたよ。離宮の事では閣下の許可は必要ない。形を作るために話しているだけ、って言われていましたが？」

「ああ、あの話ね。はいはい。思い出した。そういえば言ったかも」

「姫様」

フリードは私の軽い話し方にがっくりと肩を落とす。この様子だと彼はあの話を心配してくれていたようだ。だが、フリードが心配するような事は何もないのだ。この話をした後に宰相はしっかりと決定権は自分にあると否定してくれていたのだから。彼がその事に気がついていない事の方にビックリだ。

「あの後、宰相から決定権は自分にあるからねって、言われたけど聞いていなかった？」

「そんな話をされていましたか？」

「したでしょう？　私が決定しても許可を出せないからねって、覚えてない？　安全を確認する。安全でなければ許可はできないって、話をしたでしょう？　最終的には私が決めますって事よ。宣言していたじゃない？　あの時に。聞いていたでしょう？」

「最後の話はそうなるのですか」

フリードは本気で気がついていなかったのか、呟いていた。私はそれに追い打ちをかけることなく、そうなるんです、と心の中で呟いていた。これでこの話は決着だろうか。

ホッとする間に揚げ油は温まったようだ。厨房から運んできたコロッケを油の中に泳がせる。

それと同時にフリードに、フェーバにもこの話を流してもらうようにお願いした。話してくれるとは思うけど、自分の思い込みで齟齬が出ることの方が心配になったのだ。フリードも快く了承してくれたのでお願いしよう。

そうこうしているうちにコロッケは順調に揚がっていく。キッチンの中かに香ばしい匂いが漂う。食欲を掻き立てられる匂いだ。

ちなみにコロッケは私一人分ではない。

目の前にいるシェパード（フリード）にも食べてもらおうと思っている。厨房から我慢していただろうから。最後に食べる権利ぐらいはあるだろう。一応希望の確認はするけど。いらないいなんて言うはずもなかった。私は知っている。シェパードは厨房にいる時からコロッケを狙っていたのだ。

「フリードもコロッケ食べる？　揚げたては美味しいよ」

「勿論です。いただきます。ずっと気になっていたんです。美味しそうですよね」

食い気味の返事が来た。多めにもらってきて正解だ。

今夜のメニューは簡素化している。私は、コロッケは勝手に完全食だと思っているので、コロッケ、サラダ、スープだけだ。

夜に食べ過ぎると明日が怖いので軽く済ませることにしている。成長期だから心配ないとは思うが用心に越したことはないのだ。

2人分の食事の用意をしていると、当然のようにフリードも手伝ってくれるようになっていた。食事会の時も普通に手伝ってくれるから習慣になってきているみたい。良い事だ。

「いつも思いますが美味しいですね。姫様」

「当然と言えば当然ね。今日は厨房が作ってくれたものだもの。さすがはプロよね。簡単な説明であっさり作っちゃうんだから」

私はプロの技に感心しつつコロッケに舌鼓を打つ。

当然と言えば当然だがコロッケは一つも残らなかった。

余ったら明日コロッケサンドを作ろうと思っていたが無理だった。我慢した後の食事は美味しいらしい。美味しいと言いながら食べられると少し残してとは言えない私がいた。

ある意味予想を外さない。

明日からはデビューに向けて練習あるのみ。

学校に通うようになれば少しは生活も落ち着くはず。

落ち着くと信じたい。

5章　姫様のエスコートをするのはだれだ？

宰相は陛下の執務室で昨夜の報告をしていた。

下手に隠し立てをするのは悪手だ。隠すから問題になるのであって、始めから反対だと報告するのが一番だと思っている。

「陛下。昨夜、姫様とお話をさせていただきました」

「そうか。どうだった？」

「ええ。なかなか、楽しい時間でした」

「随分と楽しかったようだな。私は聞かない方が良さそうだ。問題がない様ならお前の判断に任せよう」

宰相のあまりに楽しそうな様子に陛下の危機管理能力が警報を鳴らしていた。

自分に不利な話と悟ったのである。君子危うきに近寄らず、を地で行く陛下である。だが宰相も逃がす気はなかった。

「いいえ。ぜひとも報告させていただきます」

楽し気な宰相はそのまま報告を始めてしまった。逃げ損ねたと思うが聞かないわけにもいかず、大人しく報告を受ける。

「厨房の見習いは配属を離宮に変更したいと思います。姫様が強硬に転属を希望された理由は、貴族たちの噂が原因でした」

「噂？　婚約者候補の話か？」

「はい。詳しくは知らないと言われていましたが、把握はされているのでしょう。その噂の鎮静化のために見習いを離宮にほしいと言われてしまいました」

「つまり、候補から外れるように逆の噂を流そうという訳か」

「恐らくは。強引に見習いを手のうちに囲えば、良くて我儘、悪ければ子飼いを増やしたと思われるでしょう。本来なら見習い程度では子飼いには値しませんが、理由がほしい貴族たちには十分な理由です。そうなれば貴族たちの反発は、考えなくても想像できます」

「お前は分かっていて、それを了承したというわけか？」

「私は姫様が候補に入るのは反対だと思っておりますので」

宰相は涼しい顔で反対の立場を崩さない。

陛下は宰相の有能さも忠誠心も疑った事はない。自分に反対する時も、こそこそする事はせず、いつでも正面から反対だと言ってのける。だからこそ自分の右腕となり得るのだ。

珍しく陛下の唇からため息が漏れる。宰相は優秀なだけに味方になると何の不安もないが、反対となると意見を翻させるのに骨が折れるのだ。もちろん命令となれば従いはするが、実行しながら延々とデメリットを述べる。それに助けられてはいるが、あまり気分は良くないものであることは間違いない。

この一件に関してもそうなる未来が想像できた。だが、陛下の中に姫が候補から外れるという選択肢はなかった。自分への悪意を目的のために利用し、反感を持っているであろう厨房の取り込み。貴族たちへの噂を操作する。

10歳の子供のする事ではない。少なくとも自分の息子にはできない事だ。

「リンクを呼べ」

陛下は息子に姫のエスコートを命ずることにした。

陛下の真意を理解した宰相が今度はため息をついていた。諦めない頑固な陛下へのため息だ。お互いに引く気がないのが理解できた瞬間である。

15歳の子供が陛下の執務室へと向かっていた。

動作はキビキビとしており若者らしい、と言うよりはまだ子供らしさを残した感じである。その子供はリンク・ハイール・フィン・アンテという。父親はこの国の支配者だ。

少年は自分が執務室へ呼ばれる理由が分からなかった。仕事中に呼ばれるなど初めての経験だ。

取次を頼むとそのまま執務室へ通される。

「お呼びでしょうか？　父上」

「私は執務中だ」

「すいません。陛下」

開口一番、息子の不出来な態度にため息が出る陛下である。

公私の区別がつかず、礼儀も満足にできないとは。嘆かわしい、と思うほかなかった。

学校に何を学びに行っているのだろうかと、姫と比べると落差に嘆きが出ようというもの。

今日は何回ため息をつくことになるのだろうか？　そう考えずにはいられない陛下である。

「礼儀を学んでいるのか？　講師は問題ではない。お前の不出来を問題にしている」

「申し訳ございません」

リンクは小さくなって謝ってきた。

指摘されなければ気がつくこともできないとは。

嘆かわしいという態度を崩さず、陛下は自分の息子を見る。どうしてこんなに浅はかなのだろう、と思わずにはいられない陛下だが、妻の忘れ形見と思うと無下にもできず、更なるため息が出た。

リンクは自分と会う時にため息しか出さない陛下に戦々恐々としていた。自分の行動の何が問題で陛下の、父親のため息の原因になるのか理解できないでいる。

父親に褒められたいと思うが、褒められたことがないリンクは自分に自信をなくしていた。小さくなりつつ陛下の言葉を待っていると、思ってもいない事を告げられた。

「お前は離宮の姫を知っているか？」

「はい。母上の離宮に入ったと聞いています。小国ピアリーの姫だと」

「そうだ。姫は今年デビューをする。そのエスコートをするように」

「自分がでしょうか？」

「他に誰がいる？　私の前にはお前しかいないが？」

「ピアリー国の姫だと小国の姫です。自分でなくても」

「私は、お前に命じたのだ。他に理由が必要か？　断る理由があるのならその理由を納得できるように話しなさい」

リンクは俯き、理由を口にすることはなかった。それを承諾と捉えた陛下は、下がる様に言いつけようとすると思わぬ援軍が横から入る。

「殿下、どなたかとお約束が？」

「ある。侯爵家の令嬢と約束している」

「私は許可していないが？」

「陛下。今までエスコートを命じられたことはないので、殿下がお約束をしてしまったのは無理もないことかと」

宰相はにこやかに殿下の味方をする。だが、引くつもりのない陛下は改めて姫のエスコートを命じた。


リンクも離宮の姫の事は聞いていた。父のお気に入りと聞いている。

自分は褒められたこともないのに、その姫は父親と食事をしたり歓談する事もあると。その上、自分では足を踏み入れたことのない、頼んでも許可を得られた事のない離宮に居しているだけでも不愉快なのに、更にエスコートを命じられるとは思ってもいなかった。侯爵家の姫との約束も断れという事だろうか？　毎年デビューの年からずっとエスコートをしてきた令嬢だ。断るなんてしたくはなかった。こうなるとリンクの中で姫の印象は悪くなるだけだった。

なぜ、自分が。

自分との対応の違いからも反発しか出てこない。その反発から唇を強く噛む。

絶対にエスコートなんかしない、そう心に決めた少年がいた。

◆◇◆◇◆

デビューに向けたダンスの特訓は続いている。正直、足が痛いし息は上がるし、体は筋肉痛だし、泣きそうだ。ダンスなんかできなくても死にはしない。誰も私に見向きもしないので、ダンスなんかできなくてもいいんじゃないかと思い始めている。あまりの辛さに、許可が出ないのは分かり切っていたが、休憩時間にそう泣き言を零してみた。

「頑張りましょう。姫様。練習すれば大丈夫です」

「本当にそう思っているのかしら？　この状態から進むと思えて？　時間もあまりないと思うのだけど？」

ダンス講師の励ましに私は真顔で聞き返してみた。講師は冷や汗を流すような顔つきをしながら、返事はしてくれなかった。

これはダメだとフリードに助けを求める。練習時間の最大の被害者は彼だ。練習中、私に何回足を踏まれている事か。それでも怒りもせず、練習に付き合ってくれているフリードは慈悲深い人だと思う。

「フリードも思わない？　これ以上は上達しないと思わない？　デビューはなくても良い気がしてきたわ。体調不良で欠席でよくない？　それなら誰も叱られないわ」

「姫様にしては愚策ですね。ずいぶんと無理があると思いますが」

フリードが呆れたように笑いながら返事をする。この言い方だと私の冗談だと思っている様だ。残念ながらこれは冗談ではない。私は本気だ。デビュー会場でパートナーの足を踏むくらいならまだしも、ドレスの裾を踏んで転んだりするくらいなら欠席の方が良いと思い始めている。

そこまで考えが行きついて気がついた。

んん？　パートナーって、どうなっているのだろう？

会場で探すわけではないだろうし。普通は決まっているものよね？　でも、私はこの国には知り合いは少ない。というか、カインドをはじめとしたトリオしかいないけど？　これってどうなるんだろう？

こういう時のフリードだ。

「フリード。デビューの時ってパートナーってどうなるの？　会場で探すの？　その辺の事を聞いてなかった気がするわ」

「そうですね。お話ししていませんでした」

そう言いながらフリードは休憩していた私をフロアへ促す。

ダンスはパートナーとの会話を楽しみながら行うものだと教えられた。少なくともこの国ではそうなっているらしい。もと庶民の私には分からないが、そういうならそうなのだろう。促された以上行かないわけにはいかないだろう。

渋々と足を進めフロアに立つ。足がつりそうになりながらフリードの手を取る。

フリードは背が高い。練習に付き合う時は私に合わせ、背を屈めてくれている。あの体勢は腰が痛いと思う。その上、足も踏まれるのだ。踏んだり蹴ったりとはこの事だろう。

「姫様にお伝えするのが遅くなり申し訳ありません。お相手は決まっております」

「私の知っている人？　でも、そうなると相手は限られてくるよね？　カインドしか思い浮かばないけど？　会場には誰でも入れるの？」

「会場には関係者なら問題なく入れますが、そこで私の名前を出してもらえないのは悲しいですね」

「フリードだと後が大変でしょう？　陛下の親戚だもの。波風立てないならカインドが理想的じゃない？」

「まあ、そうなのでしょうけど。カインドではさすがに姫様のお相手としては問題があるかと」

「私に他に知り合いはいないけど、どなたかに頼んでくれたの？　あ、ごめんなさい」

フリードの足を踏みつつ、会話は進む。踏まれてもフリードの顔色は変わらない。踏まれたら痛いのに眉一つ動かさない。彼のこの表情は仮面だろうか？

私は息が上がりそうなことを誤魔化すために別な事を考える。もちろんこの努力は報われない。

「陛下が見繕ってくれましたよ」

「ごめんなさい。陛下がって言う時点で一人しかいないと思うけど？」

「そうですね。その一人です」

「フリード。私、今からお腹が痛いわ。10日ほど寝込みたいと思うの」

「姫様」

「そうだわ。全身が謎の激痛で動けそうにないわ。しばらく休養を取りたいと思うわ」

「姫様。諦めてください。無理がありますよ。一般的には光栄なお話だと思いますが？」

「ごめんなさい。私的には光栄ではないわ。先日の一件で話は流れたでしょう？」

「厨房の件ですか？」

「そうよ。陛下はご存知ないのかしら？　そんな事はないと思うのだけど」

私はフロアの真ん中で足を止めフリードを見上げて話をすると、彼も私を見ながら同意してくれた。

「ご存知ですよ。その上で殿下にパートナーを命じられました」

「命じた？　拒否権なしって事？」

「ええ。そうです」

フリードの唇から漏れ出てくる話にため息しか出てこない。


どーしてこーなった？　私の目論見は外れた？　それとも噂が出回るのが遅い？　殿下はそれでいいのだろうか？　普通ならこの時期だ。パートナーは決まっているはずだけど。その人はどうしたのだろう？

私の頭の中はいろいろな言葉がそれぞれの手を取って踊っている。現実の私はダンスができないが、頭の中ではダンスができる様だ。

頭の痛い話に悩む事しかできなかった。


明日はドレスの仮縫いがあるという。マナーの方は概ね問題がないとの事で、ダンスの練習に集中するそうだ。筋肉痛の未来しか予想できない。

気楽に構えていたデビューに暗雲が立ち込める事に憂鬱になっていく。

フェーバ、やっぱりデビューは中止の方向でお願いしたいです。

私は今直立不動になっている。いや、時々手を挙げて、とか言われるので直立不動ではないだろう。

昨日のうちに宣言されていたので不思議ではないが、今日はドレスの仮縫いだ。

測定もされていないのにどうして仮縫いまでできているのか不思議だったけど、私のサイズが分かっているので、それに合わせて作られているのだそうだ。その話に納得していると着々と仮縫いは進められていく。

仕付け糸を付けたまま、少し歩いたり、クルクル回る様に言われたりもする。動いた時の見栄えも気にするらしい。らしい、というのも私は気にしていないので、言われるままになっているからだ。

現在、仮縫い中なのでこの部屋には男性と呼ばれる人種はいない。男子禁制だ。代わりに入り口と言う入り口には騎士さんたちが必ず立ってくれている。ありがたい事だ。

ドレスは重厚感のある紺だった。

重たい色なのに良いのだろうかと不思議だったが、デビューなので落ち着いた雰囲気を出したいのだろうと想像する。

ドレスの上半身に花の刺繍があって、スカートの方まで同じように刺繍が施されている、上品な印象だ。ウエストの部分には光沢がある同色のリボンが用意されている。

誰の目にも素晴らしいドレスだ。豪華なレースには、ため息が漏れる。これを私が着るのかと思うと別な意味でため息が零れそうだ。これは豪華さに私が負けそうだ。私が浮きまくってドレスの引き立て役間違いなしだろう。

もう少し地味なドレスはなかったのだろうか？　何なら既製品でも良いのだけど。

「フェーバ。これは、少し派手ではない？　私にはもう少し地味なものが良いと思うのだけど？」

裾の長さを調整してもらいながら確認を取る。

ここまで作ってもらっておきながら今さらだと思うが、私にはドレスの相談はなかったのだ。ここで主張してもバチは当たらないと思う。フェーバは予想していたのか、用意されていたようなセリフが返ってきた。

「そう仰ると思っていましたので、私の方で落ち着いた装いを用意させていただきました。デビューですので、本来ならもう少し華やかなものを用意する事が多いのですが、姫様はそういった装いはお好みではないと思いまして」

落ち着いた装い、という事はこれで地味という事だよね？　これで、地味なんだ。

私は仮縫いのドレスを見ながら仕立て屋さんを見る。彼女は苦笑を隠しながら私に頷いて返事をしてくれた。

「フェーバ様の言われましたように、デビューされるお嬢様方の中では、かなり落ち着いた装いだと思われます。お色も紺ですし。大体のお嬢様方は明るい色を好まれる事が多いですので。よろしければ他のドレスもお持ちしましょうか？　見本としていくつかは用意してございますが？」

「どんなドレスなのかしら？」

仕立て屋さんが従業員の人だろうかに頷いてみせると、他のドレスを運び込んでくれることになった。

10着ほど持ってこられた瞬間に私は白旗を揚げた。今のドレスでお願いします。思わず唇から単語が漏れ出すほどに降参を認めたのだ。

他のドレスは綺麗だった。見る分には。私が着るとなると話は別だ。

ピンクに明るい赤、黄色、紫は紫でも色がきつい感じのものとか、何と言っていいか分からないけど、派手だった。私が着れる感じではない。しかもセパレートといえば良いのか、上下で色が違ったり、ボレロに大きなお花がついていたりで、着れる気がしない。大事な事なので2回言いたいと思う。フェーバの判断は私の希望を最大限に反映しているものだと理解した。

私が言うべきセリフはただ一つ。

「この衣装でお願いします」

肯定のセリフを繰り返したところで、仕立て屋さんは苦笑いを隠しながら仕事を続けてくれていた。


仮縫いが終了すると休憩と言うのかお茶の時間だ。一息ついたらもう一度ダンスの練習。私は無駄だと思いつつもデビューのダンスを何とか回避できないか画策していた。

デビューまであと10日。

私のダンスが改善されるとは思えない。その上お相手が問題だ。陛下の命令とはいえあちらも私の相手など遠慮したいと思っているだろう。

私もそうだったが、親など子供のためにと言いつつ自分の意見を押し付けるものだ。子供の意見を聞くことなどない。子供は自分の判断に従うと思っているものである。後から自分が間違っていたと反省する事が山のようにあるのだ。何回、子供と相談して決めることが大事なのだと反省した事か。

その反省が有益になるかはまた別問題なのだが。その辺を踏まえてどうするべきか考える。

無駄な抵抗とは思いつつも頭を捻る。こういった無駄な抵抗の話はフェーバにはできない。

フリードなら軽口を言いながら付き合ってくれるのに。今日は仕事で不在なので残念だ。

私は慣れない事に疲弊している事と、嫌な事を完遂しなければならないというプレッシャーからか、考えが纏まらない感じになっていた。右に左にと迷走している感じだ。

自国にいる時にもお披露目みたいなものはあったが、ここまで大掛かりな感じではない。もう少し内輪的なものなので気楽な感じで良かったのだ。

離れにいたままならこんな苦労はなかったんだろうな。過ぎた事を考えても仕方はないのだが、思わず考えてしまいながら一つの答えに行き着く。

一人で考えるから考えが纏まらないし、本人の希望を聞かないから面倒くさい事になるのだ。だったら本人に聞いてしまえばいいのだ。当人同士で話し合えば上手くいくんじゃないだろうか？

以前の親だったころの経験を活用し答えを導き出せば良いのだ。

私は明日フリードに相談する事を決めた。

これで少しは状態が好転するのを期待してお茶を楽しむ事にした。

「姫様。今なんと？」

私の前のフリードは頭が痛いと顔に書いて聞き返してくる。今日も今日とてダンスの練習中だ。デビューまで後7日ほど。

前日は体調を整えるためにお休み。その前までは練習漬けの日々になるそうだ。中日には一日休養を取るらしい。でないと疲れが取れないからと言われた。スパルタな講師だが、体調の事は考慮してもらえるらしい。そこは助かっている。で、現在は練習中。その練習時間を使って昨日考えていた事を相談してみる。

殿下に直接会って殿下の希望を聞きたいのだ。

殿下からすれば拒否権はないのだろうが（そこは私も同じだが）話し合いぐらいはできると思いたい。

話し合いをするには橋渡しをしてくれる人が必要だ。

あいにくこの国に知り合いは少ないし、こんな橋渡し役を引き受けてくれる人なんて目の前の人物しかいない。いつも面倒ごとを頼んで申し訳ないが、ここは引き受けてくれたら嬉しいと思っている。自分の都合ばかりで申し訳ないけど。

「いつも面倒ごとばっかりお願いしてごめんね。でも、一度殿下に直接お会いしたいと思っているの。ご本人の気持ちを聞いておいた方が良いと思うのよ。それに当日いきなり会うのも何となく、ね。何を話していいのかも分からないし。ダメかな？」

「ダメではないと思いますが。そんな希望を言われるとは思っていなかったので驚いております」

「そうよね。私も昨日までは考えつかなかったわ」

「昨日思いついたんですね」

「そうなの。良い案だと思わない？」

クルクル回りながらポジティブに提案してみる。実際は違うが前向きな姿勢を示すことで了承を得たいと思っている。フリードが頷かなければこの話はなかったことになる。それは困るのだ。

最悪、断られた時のための切り札は持っているが、なるべくなら使いたくはない。奥の手がないのだ、切り札を切ったら次の一手がない。それは困るので、このまま頷いてほしいところだ。

いつもなら軽く引き受けてくれるフリードだが、今日は渋っていた。

私と殿下を会わせたくないような感じがある。殿下の中での私の印象は良くないのかもしれない。従兄だというフリードはその事も知っているのか、本人から聞いているのか。

回りくどい事が面倒くさいので、直球勝負で聞いてみた。

「フリード。殿下は私の事を知っているの？　何か悪い噂を聞いているのかしら？」

「宰相閣下の時は慎重ですが、私の時は遠慮がないですね」

「フリードだもの。私の話は聞いてくれるでしょう？　ダメな時は理由を教えてくれるだろうし。慎重に話を進める理由がないわ。時間は無限ではないのよ。有効に使うべきだわ」

フリードはフーと息を吐く。悩ましい顔をしながら本音を零した。

「これを信頼と取るべきか、姫様の考え方と取るべきか悩ましいところですね」

「信頼と取ってもらえたら嬉しいわ。他の人には頼めないもの」

私の発言にフリードはもう一度息を吐きだした。

そんなに私と殿下を会わせたくない理由があるのだろうか。

まさか、デビュー前だから会わせられないと言うならダメだろう。そこも聞いてみよう。

フリードは渋い顔のままだ。

そんなにダメなのなら別な方法も考えた方が良いのかもしれない。

「ごめんなさい。無理を言っているのね。この国の不文律ではダメなのね。不躾《ぶしつけ》だったわ」

「いえ。難しいのですが、できない事ではありません。仲介が必要なだけでして。それは私が行えば良いだけの話ですが。お2人の身分的に私で良いのか考えてしまいまして」

「フリードでもダメなの？」

なに言ってんの、この人？　私と殿下の両方を知っている人なんてそんなにいないし、仲介できるのなんてあなたしかいないでしょ。もしかして寝ぼけてる？

私の疑問がまんまと表情に出ていたのか、フリードは苦笑いだ。そのまま休憩を促されてしまった。

お茶が出てきたところでフリードからダメ出しが入る。

「姫様。お忘れのようですが身分的には殿下も姫様も私よりは上です。そのお2人を私一人の独断で、一人の介添えで同時に会わせる事なんてできませんよ。いえ、できなくはありませんが、難しいと言ったところでしょうか」

「なるほど。そういう理由なのね。忘れていたわ」

そうだった。本当に忘れていた。

未婚の男女？　だ。介添えなしで会うのは難しいんだった。

さすがはお貴族様だ。初対面で会う時はいろいろマナーがあるんだった。

これは困った。

私の感覚ではちょっと会って、ちょこっと話が聞ければそれで良かったのに。何とかならないだろうか。このままデビューを迎えるのは回避したい。

殿下の考えだけでも確認したい。パートナーがいたのか。いたとすればその人はどうしたのか。パートナーになるくらいだ、関係性は私よりも良好だったはずだ。そこを押しのけるのだ、いくら拒否権がなかったとしてもお詫びくらいは言っておきたいのが人情だろう。

知り合いの少ないこの国で無駄な敵は増やしたくない、という気持ちもある。


私がウンウンうなっていると、眉を下げたフリードが一言。

「わかりました。姫様のお願いです。何とかしましょう」

「できるの？　無理はしてほしくないわ。フリードにも立場があるし。そこに傷を作ってまでお願いする事ではないと思うし。半分以上は私の気持ちの問題だし」

「姫様の事ですから。そう思われるでしょうね。そうなれば、この手の問題は私以外では難しいでしょう。何とかしてみましょう。上手くいったら私のお願いを一つ聞いてください」

私の目の前に指を差し出し悪い顔を作って言ってくる。

フリードからのお願いなんて何となく予想がつくので頷いておく。仮に予想と違っても私にできない事を言う人ではない。私のできる範囲のお願いなら躊躇う理由はないだろう。それに私の罪悪感を減らそうとして言ってくれているだろうから、叶えたいと思う。

「わかったわ。ありがとう。お願いするわ。でも、一つだけ約束して。無理はしない事。フリードの立場が悪くなるような事は絶対にしない事。それを破ったら上手くいってもフリードのお願いは聞かないからね。約束してくれる？」

「承知しました。お任せください」

フリードはからりと笑って請け負い、今日の練習は終了だと言ってそのまま部屋を出て行ってしまった。

自分でお願いしたものの、本当に無理だけはしないでほしいと思う。

大丈夫かな。

◆◇◆◇◆

少年は自室で悶々としていた。

考えるのは自分より年下の少女の事。

噂には聞いているが一度も会ったことがないし、噂話しか知らない。その少女は離宮から出歩く事はせず自室で過ごす事が多いという。父はその少女の事を気に入っており、自分の婚約者候補として自ら打診したという話だが、その本人が返事する事ではないと断ったと聞いている。

彼の父親はこの国の支配者だ。

父親が父親なので。彼の身分は『殿下』となる。そのため名前で呼ばれることは無い。彼はその事を寂しく思っていた。自分という人間を見てもらいたいと思っているのである。

彼の父親は厳しく、自分に優しい言葉がかけられる事はないし、個人的に話をする事もない。食事を一緒にする事もない。食事の席をともにするのは会食や外国の要人が来た時などの公の時だけだ。

支配者である父はとても忙しく、子供である自分と食事をする時間もないほどだ。その父が離宮の姫と何度も食事をしていると言う。自分とは公式な場以外では会う事もないのに。その上母の離宮も使っていると言う。自分は立ち入る事も許されないほど大事にしている離宮を、だ。

そんな事があるのだろうか？　あの父が大事にしていた離宮の使用許可を与え、自ら望んで一緒に食事をしていると言う。その席には宰相も同席しているとか。本当の事なのだろうか？少年にはその話を信じることができなかった。誰かに本当の事を教えてもらいたかった。誰に聞けば本当の事がわかるだろう。

少年は考える。

思いつくのは一人しかいなかった。

自分が兄と慕う従兄だ。

忙しい従兄だが話を聞きたいと言えば教えてくれるはずだ。今はその少女の護衛騎士を務めていると聞いている。あの従兄が護衛だなんて嘘みたいな話だ。本来なら近衛騎士の団長でも務まると思っていたのに。

なんで、あんな少女のためにあの従兄が護衛なんて務めないといけないのか。だったら自分の護衛騎士になってくれれば良かったのに。そうすればいつでも会えるし、なんでも相談できるのに。

少年は、いつでも会いたい時に会えない、従兄を独占している少女をだんだん憎らしく感じてきていた。重ねて父親と食事をしている事も思い出し、さらにパートナーを命じられたことも思い出す。不愉快さが増していく。従兄に会うための手紙を書きながら、パートナーを断る方法も相談しようと決意していた。


「お久しぶりです。従兄上《あにうえ》」

子犬が懐くように、少年は久しぶりに会う従兄に駆け寄っていた。

場所は少年の自室。成人前の少年は王宮内の自室で大好きな従兄に会えて飛び上がらんばかりに喜んでいた。話を聞いてもらいたいとその手を引っ張る。

引っ張られる従兄は苦笑しながらそれに付き合っていた。

「従兄上《あにうえ》にお聞きしたいことがあります」

「ええ。お手紙で大体の話は見当がついています。ですがその前に、私は臣下の身となりました。以前にもお願いしましたが、その口調は改めていただけたらと思います」

久しぶりに会う従兄は他人行儀な口調になっていた。

学生時代はこんな事はなかったが、就職したためなのだろう。

前々から言われていた事だ。卒業すると今までのような気やすい話し方はできなくなると。分かってはいたが寂しさを感じてしまう。大好きな従兄との間に高い壁を感じて寂しかった。

その寂しさを堪えつつ自分の疑問をぶつけていく。

「父上に離宮の姫のエスコートをするようにと命じられました。どんな姫なのですか？」

「その話し方はお気をつけください。どんな方とは、何をお聞きになりたいのですか？　人柄ですか？　それとも陛下が命じられた理由ですか？」

もう一度話し方を諫められる。だが簡単に改めることはできなかった。肩を落としながら、それでも久しぶりに会うし、聞きたいこともあるしで、絵の具を混ぜたように少年の気持ちはぐしゃぐしゃになっていた。

「両方です。父上は自分の婚約者に、と言われたとも聞きます。どれが本当の話か分からなくて。従兄上《あにうえ》はご存知ですか？」

「婚約者候補の話も、陛下が気に入っているという事も事実です」

従兄の方は話し方を改めるように諫めるのは諦めたのか口調に言及する事はなかった。ただ聞かれた事だけに返事をしている。少年の方は答えに満足ができないのだろう、口を尖らせ不服を訴える。

自分の行動が人の目にどう映るのか少年は気がついていなかった。

従兄はその事を注意しようと思ったがやめておいた。以前なら改めるまで注意していただろう。だが、離宮の姫に仕えるようになってからは、人との関わり方はいろいろな方法があると感じていた。その時に合わせた手段を取ればいいと、考えるようになっていたのである。

目の前の少年を見ながら、従兄はどうしようか考える。自分が対応を間違えれば、目の前の少年は離宮の姫に反感を持つだろうという事も分かっていた。自分の返事でこの少年は考えを決めてしまうだろう。

人の言動に左右され、自分で物事が決められず。かと言って助言をすれば反発する。自分に今まで婚約者がいなかった意味も理解はしていないだろう。

何かと問題が多い少年に従兄はため息をつく。この少年が素直に話を聞く相手は自分だけだ。もう一度ため息をつきつつ、離宮の姫の事を説明する事にした。

◆◇◆◇◆

今日は休養日、練習はお休みだ。

その日を待っていたかのようにフリードから散歩に誘われる。いつもの散歩は離宮内のマッピングだが今日は庭園に出るそうだ。

わざわざ外に出るくらいだ。先日のお願いが絡んでいるのは間違いないだろう。予想がつくので誘われるままに庭園のお散歩についていく。

しかし、庭園までが遠かった。これは歩くよりも自転車がほしいレベルだ。

途中で歩き疲れた（練習で疲弊しているという理由もある）私を見かねて抱っこを申し出てくれたが、いつまでも子供ではない。もうすぐ学校に通う事だし頑張る旨を伝える。

テクテクと歩いていくと寒い季節なのに花が綺麗に咲いていた。私は園芸には詳しくないので分からないが、綺麗なので見とれているとその先にあるガゼボに案内された。

ガゼボは広くフルオープンではなかった。ガラスがあって風が入らないようになっている。私の感覚からすると小さな温室に見えてしまう。中は炭火が置いてあり温かかった。

説明はないがここで殿下と会う事になる様子。

室内よりは外の方が外聞は悪くないだろうし、ガラスであれば介添えが一人でも問題はないのだろう。そのためこの庭園に連れてこられたと思われる。

「ここで殿下に会うの？」

「いいえ。会う予定はありませんよ」

「違うの？」

私はてっきりここで殿下と会うのだと思っていたら違っていたらしい。予想が外れてしまった。

じゃあここに何しに来たのだろう？

私が首をひねっていると、気分転換に違う場所もいいのでは？　と言われてしまった。

確かに違う場所でもいいけど、気分転換のためだけにここに私を連れてきたのだろうか？

疑問は尽きないがそうこうしている間にお茶が運ばれてきた。目の前にはフリードが座り本当にお茶タイムが始まってしまった。別に嫌ではないし、確かに気分転換になるのでそのままお菓子も楽しむ事にする。１杯目のお茶を飲み終わるころ人の話し声が聞こえてくる。声からして男性の様だ。

私はそこで合点がいった。目の前のフリードを見ると何も言わずにお茶を飲んでいる。

「そういう事なのね？」

「何とかしますとお約束をしていましたので」

私の確認に対してフリードはニッコリと笑っていた。

そうしている間に声は近づいてきた、と思うと嬉しそうな男の子の声（男性ではない）がした。

「従兄上《あにうえ》、珍しいですね。こんなところで会えるなんて嬉しいです」

嬉しそうな声とともに男の子がフリードに飛びつかんばかりに近づいていく。まるで子犬の様だ。だがそれを聞いた瞬間フリードの目が冷たく光っていた。私はその様子を観察しながら殿下と思われる男の子と、侍従であろう男性を見る。その更に後ろには護衛であろう近衛騎士さんがいた。

フリードを従兄上《あにうえ》と呼んでいたので、私はその瞬間に立ち上がる。殿下と思われる人物が座っていないのに私が着席しているわけにはいかないのだ。

フリードも同時に立ち上がっていた。そして私と話す時とは別人のような冷たい声で殿下らしい少年に注意をしている。

「殿下。ここには私だけではありませんが」

その一言で十分らしい、殿下は肩を落とし私の方を見る。フリードに言われて私を認識したらしい。その様子で周囲への観察力がない事を理解した。

本当にこの子が、あの、陛下の、息子なのだろうか？

信じられない思いでマジマジと見つめてしまった。挨拶も済ませていないのにジロジロ見るのは失礼だし、フリードが殿下と呼んだので、不敬罪になるかもしれない。そこは理解していたが、この観察力のない少年が、陛下の子供とは信じられない思いで注視してしまっていた。

そうして見ていると男の子が私に堂々と言い放つ。

「ジロジロ見て無礼だな。お前、俺を誰だと思っている？」

「申し訳ありませんが、紹介もなければ、挨拶もありません。推測だけで挨拶はできませんので。どなた様でしょう？」

間違いなく初対面だ、挨拶もなしにいきなり喧嘩を売られるとさすがに気分が悪い。

こんなもの言いはあんまり良くないのだが、あまりの不躾さにカチンときてしまった。

今まで私の周囲には分別ある大人しかいなかったので、久しぶりにこんな対応をされて、脊髄反射で大人げない対応をしてしまった。

この少年の事をフリードが殿下と呼んでいたので、誰かは分かっているのだが正式な紹介が

ない事を言い訳にしている。私もまだまだ子供だな、と思いつつ理詰めで言い返す。だが、相手も不躾さでは負けていなかったようだ。鼻白んで言い返された。

「この宮殿にいて俺を知らないなんて世間知らずだな」

「そうかもしれませんね。世間知らずな私は会える方が限定されるので、その中にはあなた様は入っていないようです。で、どちら様でしょうか？」

「なんだと」

語気も荒く私の方へ詰め寄ろうとした。そこへフリードからの待ったがかかる。

「殿下。お茶を楽しんでいたところへ許可もなく入ってきたのです。先にいた方へ挨拶をするのは当然ではありませんか？　それともこの方がいることに気がついていなかったのですか？」

「それは」

フリードからの注意に少年の眉が下がる。注意されると思っていなかったのか、視線が動揺で揺れていた。

殿下が注意されているが、私も後から説教コース間違いなしの案件だ。自分でも、久々にやらかしたと反省しなければならない。

綺麗な庭園にあるガゼボの中で子供が2人、注意されている。外から見るとなかなかシュールな絵面に見えるだろう。

フリードからの注意で動揺が隠せない殿下は、私にどう対応すればいいのか分からないようだ。確かに喧嘩を売ってから即座に挨拶をする事への変換は難しいだろう。特にこの年頃は難しい年齢だ。

仕方がない。私が折れる事が物事をスムーズに運ぶ事ができそうだ。フリードへ一度視線を流す。頷きが返ってきたので、分かっていたがやはり殿下で確定だ。陛下の息子とは信じられないがそこは別問題だろう。

私は礼を取り挨拶をする。

「殿下とは知らずに大変失礼しました。こちらには数年前よりお世話になっております。残念ながら今までお会いする機会がなく」

「数年前から？」

「はい。６歳のころからお世話になっています」

私は余計な事は言わずに最低限の会話に終始する事に決めた。この様子では建設的な話し合いはできそうにない。こうなったら面倒だし、時間もないが、フリードから殿下の侍従さんにお願いしてもらってモロモロ確認した方がスムーズな気がする。事前に会えて良かった。こんな浅はかな感じの子供と分かれば対応も考えられる。これが当日だったら私も戸惑うし面倒も増えていた事間違いなしだ。

別な意味で、今日の邂逅に成果を感じた私は辞去の言葉を口にしようとしたら、先に殿下の方が口を開く。

「お前が父上のお気に入りと言うのは本当か？」

「お気に入り？　何のことでしょうか？」

「お前だろう？　父上と食事をしたり、話をしたりする事があると聞いている姫は？」

「確かに陛下と食事をさせていただいたり、お話をさせていただく機会はありますが、それだけで気に入っていると言われても、皆さんも機会はあるでしょうから」

「母上の離宮も使っているのだろう」

殿下は顔に気に入らないと書きながら私に吐き捨てるように言ってきた。

なるほど、一番気に入らない点はそこか。

自分が許可されていない離宮へ私が入ったものだから、自分が侮られているような気持ちになるのだろう。だが、そこは親子間の問題で、私に八つ当たりをされても困る。

それに殿下は分かっているのだろうか？　確かに私の国は小国で、今は人質としてこの国に来ているが、名目は交換留学生。それに立場上は同じ身分だ。お前呼ばわりされるわけにはいかないのだけど。どうしようか？　私が注意したりしていいものだろうか？　正確には抗議案件だと思うのだけど。

私は殿下に返事もせず立っていた。

頭の中は動いているが見た目上は立っているだけなので、人の話を聞いていないようにも見えるだろう。

「お前人の話を聞いているのか？」

殿下が大声を出し私に詰め寄って来る。

その時点で私は殿下を相手にしない事に決めた。

大声を出す人は嫌いなのだ。

自分の感覚で申し訳ないのだが、気に入らない事があると大声を出せば何とかなると思っている自己中心的なタイプは、相手にしないのが一番良いと思っている。しかし、殿下がこんな調子でこの国の今後は大丈夫なのだろうか？　注意してくれる人はいないのか？　この件だけでも殿下の人柄がわかる。

「ええ。聞いています。確かに離宮は使わせていただいています。陛下から使うように勧めていただいたので。陛下から勧めていただいたのに私が断る理由はどこにもありませんから。どなたからその話を聞いたかはわかりませんが、真偽を確かめましたか？　噂だけを鵜呑みにしていませんか？　人の話は得てして本人の都合のいいように話されるものです」

「嘘をついているって言いたいのか？」

「いいえ。その点を判断するのもご自身です。私が言いたいのは、情報の正確さを確認したのか。その話をした方が信用できる人なのかを確認したのか？　ということです。私が陛下と会食したのは2回です。そのうちの1回はいただいたものへのお礼も兼ねています。お話をしたのは2回だけ。一度は陛下がつけてくださった侍女が問題を起こしたからです。その確認のためでした。もう一度は離宮の案内をしてくださったから。それ以外でお会いしたことはありません。その程度でそんな話が出てくるのはいかがなものかと」

「それは」

「それは？」

殿下は黙り込む。その様子に私は呆れたがこのままでもどうしようもない。フリードも侍従さんも、立場上会話に入りにくい。フリードは職務中で、侍従さんの手前あんまり露骨な注意はできないだろうし。侍従さんからすれば私は一応姫の肩書があるし、なんとも面倒くさい。

私が話を切り上げる事が、一番おさまりが良さそうだ。

「殿下。ガゼボをお使いになりたいようですので、私はこれで。それから、陛下からデビューの件についてお話があったかと思いますが、私の方からお断りをさせていただくのでご安心ください。もう一点、私は交換留学生としてこちらに招かれました。真意はどうであろうと留学生としての立場に変わりはありません。その私に先ほどの対応はいかがなものかと。誠意ある返答があると期待させていただきます。では」

私は殿下の返答を待たずにガゼボを後にする。

正直この国に来てここまで気分の悪い思いをしたのは初めてだ。

子供を相手に大人げないとも思うが。最近こんな事がなかったから耐性が落ちているのかもしれない。しかも、殿下は私の一番嫌いな部類の人間だ。あの手のタイプは本当に嫌いだし、質が悪い。

ため息をつきつつ、歩きながらフリードには詫びておく。せっかく私のお願いを聞いてくれたのに私がこの対応ではなんとも骨折り損だ。

申し訳ない。

「ごめんね、フリード。せっかく骨を折ってくれたのに」

「いいえ。姫様。こちらこそ申し訳ないです。姫様にあんな対応とは。なんとも言葉もありません」

「いつもあんな感じなの？　周囲の人は指導をしないのかしら？　この国だからあれで大目に見てもらえるかもしれないけど。外交であの調子では問題になるのではない？」

「そうですね。分かってはいるのですが」

「難しそうな話みたいね」

私はフリードと歩きながらさっきの事を思い出す。

なんとも気分の悪い話だ。

怒りが沸々と湧き上がってくる。

どうして私がこんな面倒な話に巻き込まれているのだろう？　私は料理をしながら生活ができて、気分転換に学校に通えて、のんびり生活ができればそれで良かったのに。

どうしてこんな嫌な思いをしないといけないのだろう。自分でもこの状況が不思議でならないし、ムカつく。私は何も問題を起こしていないのに。どうしてこんな事になっているのか。

話を始めから思い返す。


そうだ全部陛下が悪い。

交換留学生の話もこの国からだし、離宮の件も陛下が言い出したし。横領とデビューは（慣例だから）仕方がないけど、それ以外は全部陛下が言い出した事だ。

「全部陛下が悪い」

テクテクと歩いていた私が足を止め、俯いて呟く。

フリードが私を振り返って俯く私に視線を合わせようと覗き込んでくる。

「どうなさいました？」

「全部、陛下が悪い」

「姫様？」

「こんな面倒になったのは、全部陛下が悪い」

「落ち着いて下さい」

「だってそうでしょう？　もともとこの国に来る事になったのは陛下が言い出した交換留学生の話だし。離宮に移る事になったのも陛下が言い出した事だし。パートナーの件だって陛下が言い出した事でしょう？　私からお願いした事なんて一つもないわ。ううん、言い出したのはキッチンを使いたいってお願いした事だけよ。それだって、わざわざ作らなくたって、簡易キッチンを使えればそれで良かったのに。ここまで話を大きくしたのは全部陛下だわ。全部陛下が悪いんじゃない」

私は溜まっていた鬱憤を語気荒く吐き出した。考えないようにしていた事をぶちまける。フリードが戸惑っているのがわかるが私も止まらない。

我慢していた思いが湧き上がっていた。

ダンスの練習で疲れていたこともあるし、慣れない環境の生活で疲弊していたせいもあるのかもしれない。止まらなかった。感情が高ぶりすぎて睫毛が濡れてくる。我慢しようとしても気持ちの高ぶりと滲む瞳はどうする事もできなかった。

人のせいにするなんて最低だ。こんな事ではフリードを困らせてしまう。

そうは思うが気持ちの収めようがなかった。大きく息を吐き出してリカバリーを試みる。でもどうする事もできなかった。その場に立ち止まりグズグズと泣き出してしまう。こんな態度じゃ本当に子供だ。唇を噛み、もう一度呼吸を整えようとするが無理だった。

フリードがその場に膝をつき私の頭を撫でてくる。

「ご、ごめんなさい。困らせたくないのに」

「いいえ。私の方こそ申し訳ありません」

私を撫でるフリードの手はぎこちなかった。慣れない感じがする。人にこんな事をした事がないのがわかる。ぎこちなさと、戸惑いながらも慰めようとしてくれているフリードに笑いが込み上げてくる。小さく笑みを零すとフリードがホッと安心したのが分かった。

みっともなく鼻をすすっているとハンカチが差し出された。それを受け取りながらもう一度彼に謝っておく。

「ごめんなさい。みっともなく騒いじゃって」

「良いのです。生活が大きく変わりましたし、心配事も多いですし」

最後の方は言葉を濁していた。当然、殿下の事も含んでいるのだろう。

主に私の心労はデビュー関連だ。ダンスの事やパートナーの事が7割を占めている。

さっきは勢いで私から断るって言ってしまったけど、どうしよう。何にも考えていない。思わず口から出たけど。休んでいいかな。

私は何も考えず殿下に断ってしまった事を考えていた。フリードは私の気分が晴れないと思ったのか、思いもよらない事を提案してきた。


「姫様。今日は天気もいいですし、予定よりも時間が空きましたし、ちょっと寄り道をして帰りましょうか？」

「寄り道？　いいの？」

私は初めての提案に驚いた。私の行動範囲はとても狭い。ほとんどが離宮の中だ。離宮自体が広いので窮屈な感じはしないが、それでもたまには違う場所に行ってみたいと思う気持ちもあった。しかしダンスの練習が忙しすぎてそんな事は言えなかったし、学校に行けるようになれば自然と行動範囲も広がるからそれまでの我慢と思っていたのだ。

それなのにフリードから寄り道を提案してもらえるなんて。

期待が爆上がり中だ。私がヒステリーを起こしたから気にして提案してくれたのかもしれない。それならそれでありがたい話だ。

私は心躍る提案に一も二もなく頷く。

「どこに行くの？　城下に行けるの？」

「さすがに城下はちょっと。でも、姫様には面白い場所にご案内しますよ」

「私的に面白い場所？」

「ええ」

どこに行くのかと詰め寄った私に、フリードはどこに行くのかは教えてくれなかった。教えてくれないまま私を抱っこする。

「どこに行くの？」

「少し遠いので、このまま行きましょう」

そのまま離宮とは違う方向に歩き出す。その歩きは迷いもなく、私を抱っこした腕は揺るぎもしなかった。

重たくないかと心配したが何も言わないのでこのまま好意に甘えようと思う。結構な距離なので疲弊している私にはしんどそうだ。

他愛もない話をしながら、肝心な話題は避けつつ、明らかに裏方と思える場所に来ていた。表のような華やかさはなく、実務一点。壁紙や置いてある道具も実用的なものばかりだった。

「ここはどこなの？」

「そこから覗いてみてください」

フリードは窓を指さす。覗くなんて行儀が悪いんじゃないかと心配しつつ、好奇心には勝てなくて。

私は窓を覗き込む。

そこにいたのは机に向かうカインドだった。


「カインド？」

私はビックリして思わず声を上げ、それと同時に口を塞いだ。

覗いていたのがバレちゃう。

その様子をフリードが楽しそうに見ていた。私が驚いたのが予想通りだったのだろう。私を抱き上げている人は、いたずらが成功した気分なのか嬉しかったのか、とてもいい笑顔だ。

「ここはカインドの職場なの？」

「ええ、管理番室です」

今さらだが、私は声を潜めながら確認する。しかし、遅かったようだ。窓が開けられた。

「姫様!?」

カインドのひっくり返った声がした。

声の方向を見ると、窓を開けたカインドがいて、その後ろでは何人かの男性たちが私たちを見ていた。私はどんな顔をすればいいのかわからず、とりあえず挨拶をしておく。

「ぐ、偶然ね、カインド。今日はいいお天気ね」

「姫様。偶然は無理があるかと」

窓を開けつつぐったりと項垂《うなだ》れるカインドがいた。確かに無理があるけど、私としても思いつかなかったから仕方がない。

カインドの後ろの人たちは、興味津々な様子の人と、どうしたらいいのかわからない人と反応は様々だ。

フリードは一人、余裕の表情。当然だろう彼が連れてきたのだから。


カインドは驚きつつも私たちを管理番室へ迎えてくれた。

管理番室は3つに分かれていた。

一つは彼らが仕事をする仕事部屋。一つはお客さんを迎えるための応接室。もう一つは休憩室。

当然ながら私たちは応接室に迎えられる。カインドがお茶を入れてくれている間に室長たちが挨拶に来てくれた。まあ、当然と言えば当然だ。フリードがいるのだから。挨拶にも来るだろう。その時、疑問が頭に浮かぶ。

そういえば初めの頃、私のところにはカインドが来てくれた。結果的にはそれが良かったけど。普通は室長とかが来るんじゃないかな？　疑問に思ったけど追及は止めておこう。こういう事は追及するとろくなことがない。私は疑問を頭から追い出しお茶を待つ。挨拶が終わった室長さんたちには丁重に仕事に戻ってもらった。ここにいても話題に困るし、寛げない。

「お待たせしました。姫様にお出しできるようないいお茶ではないのですが。お菓子もあまり期待しないでくださいね」

カインドがお茶を持ってきてくれる。トレーには一緒にお菓子も載っていたが、期待しないように先に釘を刺されてしまった。

私は美味しければなんでも良い人なのだけど。美味しくないのかな？　それはないか、お客様用なのだから、謙遜しての言葉だろう。

私は結論を出すと、お茶とお菓子をいただく。

結果、美味しくないわけではないけど、美味しいわけでもない、というなんとも微妙な感じだった。でも、ありがたくいただく。

私たちがお茶で喉を潤していたらカインドが当然の質問をしてくる。その声には心配な様子も滲んでいた。

「それで、どうなさったのですか？　ただ寄ってくださっただけですか？　それとも何か？　姫様の目元が少し赤いようですが？」

「ちょっと気分転換に、な」

言いにくいのでフリードが誤魔化して答えてくれたが、私としてはカインドに知られる事はなんとも思っていないので、普通にさっきの事を話し出す。

「ええっとね。今日、初めて殿下にお会いしたのだけど、あんまり話が合わなくてね。それで、フリードが気分転換に連れてきてくれたの」

「そうだったのですか。私のところに来て気分転換になるかはわかりませんが、お話し相手になれれば幸いです」

「ありがとう。カインドが働いている場所を初めて見るわ。部屋は意外に狭いのね。窮屈ではない？」

「そうですね。今日は事務仕事があるので部屋にいますが、普段は在庫の確認で席を外している事も多いです。不在者が多いので、部屋が狭くてもそんなに窮屈ではありません」

「そうなの？　じゃあ、今日はここにいてくれたから運が良かったのね」

「そうですね。いつもなら倉庫に行ったり、初めての品物は別室で確認するので。姫様とすれ違わずに済んで良かったです。今も2人は席を外していますし」

カインドは私の目元が赤いのを気にしていたけど、その事に私が触れなかったので、それ以上追及してくることはなかった。さすがはカインド、気遣いの人だ。

やっぱり、パートナーはカインドではダメなのだろうか？　彼なら何も心配はいらないし、私も気楽で助かるのだけど。

私は横にいるフリードをチラ見する。

聞くとダメと言われるのでここは強行突破。カインドのＯＫをもらってしまおう。

「カインド。お願いがあるの」

「どのような事でしょうか？　わたくしでできる事でしたら」

「姫様。何を言われるのですか？」

フリードは嫌な予感がするのか私に制止をかけてくる。が、そんなものは無視だ無視。私は聞こえない振りをしてカインドに話を持ち掛ける。

「デビューのパートナーをお願いしたいの。ダメかな？」

「パートナーですか？　姫様のパートナーは殿下と耳にしましたが。それに私では身分的に不足かと」

カインドは慌てて、恐れ多いと両手を振っている。

「そんなの関係ないわ。私はカインドがいいもの」

「姫様。カインドでは問題があると以前にも申し上げましたが」

フリードが口を挟む。

でも、私の中では殿下という選択肢はないし。フリードでは後が面倒。ビジドにお願いできるならそれでもいいかもしれないけど、さすがにビジドでは申し訳ない気がする（身分的に）。そうなると私的に安心で、気心が知れているカインドが一番安心なのだ。お願いできたらいいのだけど。フリードの意見はこの際聞かないことにしよう。カインド次第だけど。

「さっきも言ったけど殿下とは話が合わなくてね。お断りする事にしたの。その方が嫌な思いをしないでしょう？　お互いに。それで、休む事も考えたけど学校に行くと考えるとそうもいかないみたいだし。お願いできないかな？　ダメ？」

子供の特権を使ってみようかと思ったが、その必要もなく、カインドは申し訳なさそうな顔になったのが見えた。

「申し訳ありません。姫様。私はその日は親戚の者に付き添う予定になっておりまして」

「そうなの？」

「はい。申し訳ありません」

カインドがもう一度謝って来るがこれは仕方がない。親戚の付き添いという事は以前から決まっていたのだろう。そこに私が割り込むわけにはいかない。

頭の上に石が載ったような、ガーンという気分になり、項垂れた。

「姫様。本当に殿下をお断りされるのですか？」

カインドの心境からするとありえない選択肢なのかもしれない。陛下からの言いつけだ。それを断るのだから考えもしない事なのだろう。

だが、私は気持ちよく過ごせない相手と時間を無駄にする気はない。

カインドの言葉を肯定するために黙って頷く。それで十分だったのか、それ以上追及はしてこなかった。どちらかと言えば相手をどうするかで頭を悩ませ始める。

「姫様の身分から考えれば、違う意味でも私では無理があります。やはり、それなりの方ではないと」

「でも、私はこの国に知り合いなんていないわ。お願いできる人も限られてくるもの」

「それは、そうですが。ここはやはりフリード様にお願いしては？」

「ええ!?　それはヤダ」

「姫様？」

本人を目の前に、私がキッパリと否定したのでカインドが驚いている。そうよね、普通はこんなに否定しながら断らないと思うもの。

私は申し訳なく思いながらも、フリードという選択が最初からない事を説明する。

「だって、フリードは陛下の親戚なのよ？　下手に誤解されるような事をすると後々が面倒だわ。婚約者の方にも申し訳ないし」

「そうですね。陛下の親戚と言う点は大きいですね。殿下をお断りした後ですし」

「でしょう」

カインドの同意がもらえたので私は大いに胸を張り頷く。私の横では断られた本人が不満顔だ。

「姫様。前も言いましたが随分ですね。それと、私には婚約者はいませんよ」

「そうなの？」

フリードのぶっちゃけに私は驚く。間違いなく国内有力貴族ナンバーワン、のフリードに婚約者がいないとは。どういう事なのだろう？　フリードに何か大きな問題があるのだろうか？　私にはそんな事はないが、性格が悪くて有名とか？　女性問題が多すぎて相手に嫌厭《けんえん》されているとか？　もしかして、ご両親が意地悪とか？

私は妄想が膨らんでいく。違う意味で興味が湧いてくる。俗物だし下世話で申し訳ないが、興味津々でフリードに理由を聞いてみる。

「何で婚約者がいないの？　普通なら子供のころに決まっているものじゃない？」

「そんなに難しい理由ではありませんよ。殿下のお相手が決まっていないからです」

「あ、そう言うこと」

その一言で納得ができた。

国内のパワーバランスと他国との関係調整のためだろう。殿下が国内ならフリードは国外から。もしくはその逆。どちらかに片寄らないよう調整が必要なのだろう。ある意味、フリードはそれだけ有力貴族の跡取りと言うことだ。

なおさらフリードにはお願いはできないな。

私はパートナーの定義から考え直す。要は出席に付き添いができればＯＫなはず。

だったら誰でも良くない？

「ねぇ、要は出席に付き添ってもらえれば良いのでしょう？　誰でも良くない？」

「そうですが、バランスというものがあります。誰でも良いですが、誰でも良いわけではありませんよ」

「そうなの？」

私はカインドの忠告に耳を傾ける。同じ忠告なのにカインドの言葉なら素直に聞けるのが不思議だ。

まぁ、私とて誰でも良いわけではないのはわかっている。休む選択肢もないし、のっぴきならない状態だ。私は顔をしかめつつ考える。

とにかく、どうにもならないけど、殿下のパートナーは断ったことを言わなければならない。陛下に話をすると面倒なので宰相に話をしよう。宰相なら私の味方になってくれるはず。その時にダメ元でも欠席の相談をしよう。後のことはその時の状況で考えよう。

「フリード。どうであれ宰相には話をしないといけないわ。明日のお昼に離宮に招待したい、と伝えてもらえる？」

「離宮に呼ばれるのですか？」

「殿下のパートナーを断るのよ。事前に噂が出回ったら面倒だわ。それに陛下へは宰相に話してもらわないといけないもの。その件も頼まないと。だから来てもらいたいの」

「承知しました」

フリードは快く引き受けてくれた。いつもありがとう。

「呼び出して悪いわね」

「ええ。私も暇なわけではないですし。姫様のお相手をすることが仕事ではないのですが、今回は耳に挟んでいる事もあるので。散策中に殿下と会われたとか？」

「知っているなら話が早いわね。そう言うことだから、デビューは休みたいと思っているけど、できるかしら？」

「さすがにそれは」

翌日のお昼に宰相が離宮に来てくれた。

呼び出したことに文句を言われつつも、殿下との話を聞いていたらしい。離宮にはすんなりと足を運んでくれていた。

私のサボり発言は華麗にスルーして、どうするのか聞いてきた。聞かれて手詰まりだった私は苦肉の策を思いつく。

「休むのは無理なようね。他にお願いできる人もいないし、悪いけど、宰相にお願いできないかしら？」

「私ですか？」

慌てたのか予想外で驚きすぎたのか宰相が椅子ごと身を引く。

この場にはもちろんフリードとフェーバも同席している。２人とも目を剝いていた。私も自分で言っていて驚いているが、今思いついたのだから仕方がない。

「なぜ私に？」

「「姫様？」」

私は３人の驚きに今思いついたことを隠しつつ、当然のように理由を述べる。

「だってそうでしょう？　殿下とは話が合わない。フリードとは余計な誤解を招く。カインドは先約があって難しい。ビジドは身分的にお願いできないのでしょう？　欠席はできないようだし。私の知り合いでお願いできるのは宰相しかいないわ。他に方法がある？　あるなら教えてもらいたいわ？」

　私はその場にいる人間を見回す。全員無言だ。

「姫様」

　宰相は絞り出すように私の名前を呼ぶ。焦り具合が感じられた。

「私の知り合いは、後は陛下しか思いつかないけど、さすがにお願いはできないわよ？」

「お願いする立場だもの無理は言えないわ。でも、お願いできないなら、欠席か、前代未聞だろうけど、一人で出るわ」

　どうする？　と答えを迫る。

　宰相は唸りながら答えを決められないようだ。悩んでいた。

　焦っていても宰相は自分の立場を忘れていない。

「姫様、私にも立場というものがあります。陛下に断りもなく出席はできませんし、殿下の事も報告をしなければなりません。普通の姫君が出席されるだけならこのような運びにはなりませんが、姫様の場合は違います。殿下の事を決定されたのは陛下です。それを断るという事は、殿下は命じられたことを無視する形になります。勝手に断った姫様は陛下の好意を無にする形になります。それはどなたにとっても良い結果は生まないでしょう。どうであれ、陛下の意向を確認する方が今後のためにも必要だと思われます」

「言いたいことは分かるけど、もう時間がないのではないかしら？　デビューは４日後よ？」

「承知しております。この後決裁のために、執務室に行く予定ですので、その時に確認いたします。場合によっては姫様にも来ていただくことになるかもしれませんので、ご承知おきください」

「わかったわ。忙しい思いをさせてしまう事になってしまうけど、お願いするわ」

「致し方ありません。殿下の件も関わっているので」

宰相はそう言うと席を立った。このまま陛下のところへ行くそうだ。

その時に昼食の感想を言ってくれた。振舞われた食事に対して感想を言うのはマナーだが、どんな時でもマナーを忘れていない宰相は気遣いのできる人なのだろう。

「姫様。御馳走様でした。親子丼とは美味しいのですね。初めて食べました」

「宰相は忙しいから手早く食べられるものにしたのだけど、気に入ってもらえて嬉しいわ」

「では、失礼いたします。急なお声掛けをするかもしれませんので、そのおつもりで。よろしくお願いいたします」

宰相はそのまま離宮を出て行った。

お昼時に離宮に来てもらったのだ。昼食を出すのはマナーと思い、忙しい宰相には手早く食べられるように親子丼を用意した。

胃の痛い思いをする可能性も考えて消化の良いうどんも考えたが麺料理は会話に向かないと思ったのだ。

宰相にも好評だったみたいで安心するが、宰相の言葉で自分の立場がよろしくない事に気がついた。私としては欠席の方向でお願いしたいデビューの話だが、私は面倒な事を言われて嫌な思いをするだけの気持ちだったけど、陛下の側から見ると好意を無にしたことになるのだと、気がつかなかった。国許に迷惑が掛からないと思いたい。変にこじれないと良いけど。陛下の機嫌次第でどうなるか。私だけで終わればいいけど。

自分の迂闊さを反省しつつ、大事にならないように祈っていた時に、フリードとフェーバから謝罪される。

「申し訳ありません。お側にいながら姫様のお立場に考えが及びませんでした」

「面目ありません」

「そうね。私も気がついていなかったわ。2人とも私の側で物事を考えていてくれた証拠ね。そこはありがたいと思うわ。今後は反対の立場の考え方も必要という事をお互いの教訓にしましょう。失敗したら次は同じ過ちを繰り返さなければいいのよ。2人ともこれからもよろしくお願いするわ」

今回の件は2人とも私の立場で、私の心境を考慮して対応に当たってくれていたことに改めて気がついた。フェーバはデビューの時に私が困らないように考えてくれていたし、それはフリードとも同様で、その上パートナー問題やダンスの練習まで付き合ってくれている。全員が一つの問題にあたって取り組んでいたから視野が狭くなっていたのだと思う。この件については今後の課題だ。

2人の謝罪を受け入れつつ、私自身の教訓にしよう。


「この話はここまでにしましょう。フェーバ、陛下からの呼び出しがあるかもしれないわ、ある程度見苦しくない形で伺いたいわ。用意だけはしておきましょうか」

「かしこまりました」

私の切り替えに気がついたのかフェーバはそのまま支度をしてくれることになった。フリードはこのまま護衛についてくるようだ。心なしか表情がすぐれない。さっきの事を気にしているみたいだ。隣で鬱々とされているのも嫌なので、声を掛けてみる。

「フリード。気にしている？」

「まあ、失態ですので。今後は同じ失態は繰り返しません」

「そうね。誰にでも失敗はあるし、間違えないと成長しないし。逆に早く気がついて良かったかもよ？　今なら注意で済むもの。他の時なら注意じゃ済まない事もあるし。そう思うと運が良かったと思わない？　要は考え方よ」

「そうですね。そう思うと私は運が良いと思います」

フリードは口元を綻《ほころ》ばせる。気分が浮上したようだ。私の考え方に同意してくれて嬉しくてニコニコとしてしまう。

「姫様はいつもそんなに前向きなのですか？」

「そうね。前向きと言うか、私の考え方の一つね。どんな事にも良い事が一つはある、と思っているの。その一つが見つけられたら嬉しくなるし、良かった、って思えるでしょう？　さっきの件の良かったは、今気がついて良かった、になるわね」

「そう仰いますが馬から落ちて怪我をしたら、良かった、とは思えないと思いますが？」

「そんな事はないわ。落馬しても怪我で済んだのでしょう？　命を落とさなくて良かったじゃない？　運の悪い人は亡くなることもあるわ。ね、怪我で済んで良かったでしょう」

私の発言に納得ができたかは分からないが、フリードの気分が変わって良かったと思うことにしよう。私がそう結論を出していると侍女さんがノックをして顔を出す。

なんと陛下からの呼び出しだそうだ。

早い、来るとは思っていたがこんなに早いとは。

「宰相は優秀ね。こんなに早い呼び出しなんて。着替える暇もないわ」

「仕方ありません。陛下を待たせる方が問題なので。行きましょうか？」

「このまま？　さすがにあんまりじゃない？」

私は自分の服装を見下ろす。宰相が来る予定があったからいつもよりはマシな格好をしているが、陛下に面会する服装ではない。本当にこのまま行くのかとフリードを見たら、良い笑顔で促された。

「陛下も時間がありませんので、早い方がよろしいかと。大丈夫ですよ。前回の時ほどではありません」

またか？　またこのまま？

このまま陛下のところに行くのは決定事項らしい。


陛下の執務室は沈黙に包まれている。

私は予告されていたので、心境的には（服装は別にして）慌てることなく陛下の前に座っている。

だが、目の前に鎮座している陛下はいささか不愉快そうだ。

当然だとは思う。

人質の小娘から息子のエスコートを断られたのだ。

私に対して『何様？』と思う気持ちもあるだろう。話の切り出し方が分からずに私は沈黙してしまっていた。それが、執務室を静かにさせている原因になっていた。

こんな時の宰相だ。話を切り出してくれないかな？

チラッと宰相を見るが宰相はすまし顔で反応はしてくれなかった。陛下の後ろに立っているが、黙って壁を見つめている。

このままでは埒《らち》が明かない。時間が過ぎるばかりだ。時間を有効に使いたい私は意を決して口火を切る。

「陛下、私から話しかける失礼をお許しください。今回の件、お断りする事は大変失礼と承知いたしておりますが、どうにも殿下とはお話が合いそうにもありません。お互いに良い時間を過ごせないのであれば無理をする必要はないのではないかと考えました。その判断が今回の結果となります。ご理解いただけませんでしょうか？」

「姫。言いたいことは分からないでもないが、今回の判断はどうかと思うが？」

「陛下の言われる事を理解はできるのですが」

「認めたくないという事か。姫の言わんとすることも分かる。あの息子ではな。姫とは話が合わないだろう。いや、姫の話す内容が理解できない、と言う方が正しいだろう」

陛下の言い方だと殿下に対していい印象を持っていないようだ。自分の子供のことなのにとも思うが、あの様子では陛下にも思うところがあるのだろう。なら話は早い。

私の判断を否定されているが理解はしてくれている様子。その辺で納得していただきたい。と言うか、息子の事を理解しているのなら何とか手を打てばいいのに、と思ってしまう。

「陛下。では今回の件はご理解いただけますと幸いです」

「そうだな、でも姫にはパートナーが必要だろう。そこで、私に考えがある」

私の発言を遮り陛下から提案があるとの事。その言葉に宰相が反応する。壁に向けていた視線を陛下へ向けた。鉄壁の表情は何一つ崩れる事もなく動くのは視線だけ。陛下は宰相の視線に気がついているはずなのに、動じる様子はなかった。

私の後ろにいるフリードとフェーバが身じろいだのが感じられる。陛下の発言に警戒心が働いたのだろう。何を言い出すのかと発言に耳を澄ましている様子。それは私も同じだ。

無茶な事を言い出さなければいいのだけど。固唾をのんで陛下を見守る中、なんてことないように陛下は言い出した。

「姫。せっかくのデビューだ。私がパートナーを務めよう」

「「「…………」」」

陛下以外の全員が沈黙に包まれる。全員の気持ちを文字に表すならこの一言に尽きる。

何言ってるの?? この人?

である。どこの世界に人質（名目・交換留学生）のデビューのパートナーを務める国王がいるのだ。

この人の頭の中はどうなっているのだろう?? 理解ができない。

私は呆けた顔を取り繕う事もできず、陛下の申し出を理解しようと努めていた。しかし、私も意表を突かれたのでどう反応するべきか分からない。

いや、断る、という一択しかないのだがどう断るかが問題だ。

ここは直球勝負で行くべきか。

「陛下。お申し出はありがたいのですが、前代未聞かと。学校に行くにあたってのお披露目も兼ねていると聞いております。その場に陛下がいらしては皆様、緊張してお話もできません。付け加えさせていただけるのなら、私は小国の者です。陛下が付き添ってくださるにはあまりにも不釣り合いかと」

取り敢えずは丁寧にお断りをする。気持ち的にはお断り、絶対、だ。

だが、陛下もただでは引っ込まない。どういうつもりなのだろう。

「言いたいことはわかるが、他にはいないだろう？ 息子を断った後だ。それなりの者でなければ、体裁も悪いしな」

「陛下。宰相では不足と仰るのですか？」

陛下の涼しい顔に負けないように、笑顔を浮かべながら対抗してみる。

陛下は気にしていないようだ。これは決定事項と言わんばかりに内容を変える様子はない。

宰相も陛下が付き添うくらいなら自分が、と言い出した。宰相の気持ちもわかる。

説得工作が始まった。

「姫。宰相も言いたいことは分かるが、先ほども言ったように息子の後に付き添う者を選ぶのだ。姫は息子よりもその者を選んだことになる。意味が分からないわけではないだろう？」

陛下の雰囲気が一瞬で変化した。今までは普段と変わらない穏やかな感じだった。だが、今は穏やかさのかけらも残っていない。不機嫌さも混ざっているが他を圧倒する空気をまとっている。

その瞬間に地雷を踏んだことを察した。私は虎の尾を踏んだのだ。

背中に冷たいものが流れる。殿下の事もあるのだろうが、自分の申し出を断った私にお怒りの様だ。

私自身の事もあるが国許の事も頭をよぎった。

最近ストレスはあるが、基本的には問題なく生活できていたので危機感が薄くなっていたらしい。息を呑み、陛下の対応に思考を巡らせる。

エスコートは断りたい。しかし、陛下の言う事ももっともだ。

殿下を断った後に頼めば、殿下よりもその人を選んだことになる。殿下がその人より見劣りすると私が判断したことになるのだ。それなりの方でなければ、どちらにも迷惑が掛かる。殿下より見劣りしない人と言えば、陛下か、フリードか。どちらかだ。宰相では身分が問題になるだろう。宰相と言う選択肢は、切られたも同然だ。だが、フリードでは違う意味で申し訳ない。申し訳ないが、陛下たちの関係性と私の身近な人という意味で、問題ない気がする。

今までさんざんな事を言ってきて申し訳ないが、フリードに頼もう。私がそう決めた時、陛下からの先制攻撃が入る。威圧感を発しながら言ってきた。


「姫。まさかと思うが、私では不足とは言うまいな?」


陛下の口調は軽いものだ。声音は穏やかでさえある。

それなのに威圧感は半端なく私に襲い掛かって来る。

その圧力に息ができないくらいだ。私はあえぐような呼吸を誤魔化しながら、この場を切り抜ける方法を考えていたが、陛下の圧力が凄すぎて考えが纏まらない。怖すぎて涙が出そうだ。

陛下は息子を馬鹿にされたと感じたのか、それとも自国をないがしろにされたと感じたのか、私に容赦をしない感じだ。

初めの横領問題以外の時は、ちょい悪おやじだの、気のいい近所のおじさんだのと感じていたが、その様子はなりを潜めている。今の雰囲気は大陸の支配者そのものだ。初めて会った時以来の恐怖を感じている。

私は滲みそうな涙をこらえながら、会話の糸口を探していた。

だが、涙をこらえるのが精一杯で話し出すことができない。

どうしよう。断らないといけないのに、言葉が出てこない。今、口を開いたらみっともなく泣き出してしまいそう。この前の事といい、感情のコントロールができないなんて情けない。

情けないと自覚をしたら更に悲しくなってきてしまった。唇をきつく噛みしめ泣き出すのをこらえる。どうするべきかさえ考えられず、俯いているとフリードが口火を切ってくれた。

「陛下、まだ、デビューもしていない方にその威圧感はどうかと思います。以前も言いましたが、そんな様子では話したくても何も言えなくなりますよ。表情が怖くなっていますよ」

陛下と話しかけながら副音声で『叔父上』と聞こえる。形としては陛下と言っているが、話し方は親戚のおじさんに話しかけている様だ。この話し方で陛下を牽制しているのかもしれない。

「大丈夫ですか。姫様？」

「フリード」

私は救いを求めるように横に来てくれたフリードを見上げる。

私を見たフリードは困ったような表情になり、ハンカチを差し出してくれた。受け取るのが申し訳なくて手が出せずにいると、私の目元を柔らかく押さえてくれながら陛下を咎めていた。

「陛下」

一言だったが口調も声音も重たいものだ。親戚ならではの反撃だろうか。

泣いてしまった私は自分でもズルいと思うが、どうにも感情が抑えきれない。なんとか平静に戻る努力をする。

フリードが陛下を諫めてくれている間に自分で何とかしなくては。いくら親戚とはいえこれ以上何かを口にすれば、フリードの立場も悪くなる可能性がある。

それは避けなくてはならない。

私が原因で、仕えてくれている部下の立場が不利になるような事はあってはならないのだから。

執務室の中は混沌を極めていた。グスグスとしている私、その私を庇うように隣に立つフリード。静かに怒りを滲ませる陛下。その陛下を説得している宰相。後ろにいるフェーバはどうしているのか分からない。

浅くなった呼吸をどうにか戻している後ろから声が聞こえた。

「陛下、発言をお許しください」

「許す」

フェーバの申し出に簡単に許可が出た。この現状をなんとかしたい様子だ。私はフェーバが声を上げた事に驚く。私が同席している場で彼女が発言を求めた事なんて一度もない。

しかも今回は私を飛び越えて陛下に発言の許可を求めている。普段ならこんな事はありえない行動だ。何を言う気なのだろうか？

「寛大なお心に感謝いたします。差し出がましいとは存じておりますが、わたくしから一つだけ申し上げさせていただきたく」

「申してみよ」

「はい。今回のデビューについて。姫様のパートナーの件ですが、わたくしども夫婦に付き添いと言う形でお任せいただけませんでしょうか？　貴族でない方たちの中には、パートナーがなく両親が付き添うという形で出席する場合もございます。姫様は異国から来られた方。パートナーがなくても不自然ではないかと。わたくしがマナーの講師をしている事は周知の事実。それならば、慣れない場にわたくしが付き添う事もさほど不自然ではないかと。いかがでしょうか？」

全員がフェーバの発言に目を剥いた。

意外な方法で解決策を示したので虚を突かれた感じだ。

私もその方法は考えていなかった。誰かがパートナーになる事しか考えていなかった、という方が正しいだろう。

「陛下。いかがでしょうか？」

やんわりとフェーバが陛下の答えを求める。

提案はありがたいがこれ以上は言いすぎだ。宰相の推薦で私付きになってくれたとはいえ、陛下の機嫌を損ねるのはマズいだろう。

私のために危険を冒してくれたのなら、その立場を守るのは私の役目だ。

「控えなさい。フェーバ。申し訳ありません。陛下。部下の不躾は私の責任です。失礼いたしました」

「いや、許可をしたのは私だ。構わない。しかし、面白い事を思いついたな」

「陛下。その方法なら誰にとっても問題はないのではないでしょうか？　良い方法かと」

「私も同意見です。殿下にも姫様にも問題にはならないかと」

フリードと宰相はフェーバの意見に賛同していた。気持ち的には私も同意見だ。

この方法なら誰にも角が立たない。陛下の面目も問題にはならないだろう。いや、まったく、という訳にはいかないだろうけど、傷は少ないはずだ。

室内の視線が陛下に集まる。

全員、この意見で良いんじゃね？　問題ないよね。ていうか、良いって言えよ。という空気になっていた。

陛下にもその雰囲気は感じられたのだろう。仕方ない、という息を吐き出し、フェーバの意見に許可を出していた。

多少の気まずさを残しながら（陛下は不完全燃焼な様子）パートナー問題は一つの区切りを迎えた。

私たち離宮組はこれ以上の問題を避けるべく早々に陛下の前を辞した。

離宮への帰り道、私はすぐさまフェーバを近くの小部屋に引きずり込む。

「フェーバ。なんてことを、あんな危ない事をして。宰相の推薦があるとはいえ、陛下の怒りを買っては貴方でもただでは済まないかもしれないのよ？　危ない事をしてはいけないわ。貴方が危険を冒す必要はないのよ？　どうしてあんなことを言い出したの？」

「姫様。わたくしは教育係とはいえ姫様付です。姫様の不利益にならないよう動くのは当然のことです。こんなに赤くなってしまわれて」

フェーバは当然と言い放ち、私の目を覗き込む。無理に堪えたせいで充血しているみたいだ。

フェーバからこんな事を言われるとは想像もしていなくて、なんと返せばいいのだろう。戸惑ってしまう。それと同時に別な心配もある。こんな大事を勝手に決めて、旦那さんと揉めたりしないだろうか？　家庭内不和の原因になりたくはない。

「フェーバ。こんな大事な事を勝手に決めて大丈夫？　旦那さんは怒ったりしないかしら？　揉めたりはしない？　平気なの？」

「問題ございませんわ。ご安心くださいませ。文句など、言わせませんわ」

にこやかに言い放つ。その上、もう一つ付け加えられた。

「姫様。どうぞご安心くださいませ。夫の足は頑丈です。思う存分踏みつけてもなんの心配もございませんわ」

フェーバのセリフに家の中の力関係を見た気分だ。

陛下の事やフェーバのお家の事をいろいろ心配したけど、もしかしたら一番すごいのはフェーバなのかもしれない。

「姫様。後の事はご安心ください。夫の足は頑丈なので、ダンスの練習はもうお休みにしましょう。デビューまで後４日。体調を整えることも大事です。せっかくですのに。楽しめなければもったいないですわ。フリード様もそう思われませんか？」

「そうですね。ダンスの方が問題なければお休みでいいでしょう」

「お休みでいいなら、私もその方が嬉しいわ。相手の方の足を踏んでしまうのが目に見えていて、申し訳ない気がするけど」

「大丈夫です。姫様に足を踏まれても大して痛くはありませんから」

私の心配にフリードが太鼓判を押してくれた。その答えはどうかと思うけど、心配ないと言うならその言葉に甘えてしまおう。

私はそう決めると目の前のフェーバをもう一度見ながら注意する。

「フェーバ、あんなことをしてはいけないわ。今回は大丈夫だったけど、次は問題になるかもしれない。私も頑張るけど、私の力は大したことは無いわ。あなたを守り切れないかもしれないの。だから、危ない事はしないでね。お願いよ」

「姫様」

フェーバは私の前に膝をつく。

実用的なものとはいえ、人前に出るためのドレスだ。それなりの体裁は整えてある。

庶民の私からすると汚れることが心配になったが、汚れると注意する前にフェーバが話しかけてきた。

「わたくしは姫様の教育係ですが、その前に一人の大人です。大人が子供の前に立つことはおかしな事ではありません。身分は関係ない事だと思っています。特に姫様はお国からどなたも連れては来られませんでした。敢えてそうされたのだと思っていますが、保護者がいないのです。姫様の年齢では考えられません。相談する事もできなくなっています。その小さな背中にお国を背負ってしまうのは、あまりにも大きなものだと思っています。わたくしは微力ではございますが、姫様のお手伝いができればと思っているのです」

「フェーバ？」

「姫様。貴方様の立場はとても難しいものになっています。ご自分でも理解されているのでしょう。言動にも注意されているのは感じています。ですが、それでも追いつかない事があるのです。そのためにフリード様とわたくしがいます。姫様が躓くことがないよう、杖になり、足元を照らす明かりとなります。どうぞ有効にお使いください」

フェーバのこの言葉は実質、私の背中に立ってくれることを意味する。良いのだろうか？

フェーバは宰相の推薦で私のもとに来てくれている。私の不利益になるような事はしたことがないので、監視と言うよりは行動の観察だけだと思っていたけど。フェーバの立場もある。

彼女の不利益にはならないのだろうか？

「フェーバ。気持ちは嬉しいけど、あなたの不利益にはならないの？　あなたは宰相と陛下の指示で来てくれたのでしょう？」

「はい。閣下の推薦で、陛下の命により姫様付となりました。とても名誉な事です」

「私の杖になると困らない？」

「わたくしが受けた指示は、姫様の教育係です。それ以上はありません。ですので、なんの問題もございません」

柔らかく微笑む。それは大人の自信と自分へのプライドを感じた。今の地位にあるのはフェーバ自身の力によるものなのだろう。ゆるぎないものを感じるが、私側に立つというデメリットを考える。フェーバはトリオと立場が大きく違う。同じに考えていいのだろうか。

私は不安になりフリードを見上げようとしたら、フェーバから失礼します、と声が聞こえ私の背中に手が回ったのを感じる。私は彼女の腕の中にすっぽりと納まっていた。

「姫様。姫様はまだ子供なのです。この国は姫様のお国と違う部分が多くあります。習慣や、取り巻く環境、周囲の大人たちの動きはお国と大きく違うでしょう。姫様の思わない事がこれからも多くあると思います。せめて、近くにいる大人は頼って良いのだと覚えておいてください」

「いいの？　本当に？　フェーバは困らない？」

「困ると思うのならこんな事は申し上げません」

クスクス笑いながら彼女は私の背中や髪を撫でてくれる。母親のような優しい仕草だった。

私は今の母ではなく、前回の人生の母を思い浮かべていた。泣いていた時、背中を撫でながら慰めてくれた母を思い出したのだ。前の母はフェーバみたいに美人じゃなかったけど、厳しいくせに、私には甘い母だった。

フェーバの腕に身体を預ける。自然と背中に腕を回そうとしたら、腕が届かなかった。自分の小ささを再認識させられる。トリオに私は子供だと言いながら、気持ちは違っていて、ここまで自分が小さいとは実感していなかった。抱きしめられ、背中を撫でられると、全てを許されたと甘えていいのだという気持ちになる。

こんな気持ちになることが自分でも不思議だった。

それでもこの安心感は大きくて、引っ込んでいた涙が出てきそうになる。それを堪えながら、周りの大人に恥じない自分になろう、できる限り周囲に害が及ばないように注意していこう。それが私の側に立ってくれたフェーバやみんなのためにできる事だと自分に言い聞かせる。

「姫様。帰りましょう。せっかくの休みです。少しゆっくりしましょう。そして、私に新しいお菓子でも作ってください。ビジドが新しい食材を見つけたようです。私が取ってきますから。お願いできますか？」

せっかくフェーバが良い事を言ってくれていたのに、良い空気になっていたのに、一瞬で軽くなってしまった。フェーバが反応をしないはずはなくて。

「フリード様。姫様になんてことを」

「フェーバ殿。姫様の息抜きは料理だ。姫様は息抜きになって、私は新しいお菓子が食べられる。一石二鳥だと思わないか？　フェーバ殿も一度口にしてみては？」

フリードの言い分に絶句しているフェーバ。フリードのイメージは冷たい人だと聞いたことがあるから、ギャップに驚いているのだろう。

でもね、私の知っているフリードはこんな感じだよね。

心の中で頷いて承諾の返事をするが、ビジドは来ないのに新しい食材だけもらってくるのはあんまりではないだろうか？　そして、フリードはなんで新しい食材の事を知っているのだろう？　お菓子を作ってと言うけど、新しい食材はお菓子になりそうな食材なのかな？　疑問だ。

私の横でフリードに注意しているフェーバの声を聞きながら、離宮に帰ることになった。

閑話　フェーバの気持ち

わたくしフェーバが筆頭侍女の任を宰相様の推薦により、陛下から命じられたのは、横領問題が発覚したためでした。

陛下から、姫様の教育は、どこに出しても一目置かれるような姫に、とのお言葉が別途付け加えられました。宰相閣下からは、他国の方なので、動向に注意するように、とのお言葉がありました。

つまりは、陛下は姫様を国の中枢に置きたいとお考えで、宰相様はその事を心配されていると察せられます。その時はわたくしの推察でしかありませんでしたが、姫様が離宮に移られたことで決定的となりました。貴族間でも噂になり、陛下はそれを否定はされませんでした。姫様を殿下のお相手として決定した、と言っても過言ではないでしょう。ですが、姫様はデビューもされておらず、学校にも通われていません。決定として発表するには時期尚早と判断されたのか、その事についての話は出てきませんでした。

離宮に居を移してから分かった事ですが、姫様は殿下のお相手として、ご自分は相応しくないと思っているご様子。

辞退されるとフリード様に断言されていました。

確かに姫様はご身分としては問題ありません。ですが、国同士の釣り合いとしてはどうかと思われる程、お国そのものは小さいです。ですが、姫様のお国は規模としては小さくとも、影響力としては大きいものがあります。でなければ、姫様が我が国に来られるような事にはならなかったでしょう。姫様はその事にお気づきではないご様子。

無理もありません。まだ子供でいらっしゃる。しかも国許から同行してきた者は、全て帰してしまわれたと聞きました。ただ一人として、自分の傍に置くことは許さなかったと聞いています。

帰した理由は耳にしてはいませんが、ご自分の立場を理解し、国許と自分を守るために判断されたのでしょう。姫様のご年齢でできる事ではありません。

それからも姫様の判断には驚かされる事ばかりです。

一番驚いたのは、わたくしに自分とそりが合わなければ職を辞しても良いと言われた事でしょうか。あの時の衝撃は忘れられません。

わたくしが今の職を得るようになったのには理由があります。

わたくしは今の夫と縁を結び、子を得て慎ましくも幸せな日々を送っていました。上の2人は男の子、後継ぎを生むことができてホッとしており、一番下に娘を得ることもできました。夫も夫の両親も喜んでくれて、わたくしも妻としての務めを果たすことができ、安心し家族仲も良く、何不自由のない幸せな日々でした。

ですが幸せの反動なのでしょうか、下の娘が病で亡くなったのです。病だけはどうする事もできず、手を尽くしても治ることはありませんでした。薬のおかげで幾ばくかの命は長らえることができそうだったので、その間は家族で過ごそうと決め、穏やかに過ごすことができました。娘も病の中でも嬉しそうな笑顔を見せてくれたものです。家族全員であの薬がなければ、この時間を過ごす事はできなかっただろうと話をするほどでした。

娘が亡くなってから、わたくしは娘が生きていればと思い、知り合いのお嬢様方にマナーをお教えするようになりました。わたくしの実母はマナーの教師として名を馳せており、その薫《くん》陶《とう》を受けたわたくしの教えを受けたいという方が多くいたからです。娘に教えることができなかった代わり、と言う訳ではありませんが、少しでも手助けができればと思い、始めた事でした。

それが思いのほか評判が良く、多くのお嬢様方をお教えする事になりました。その評判を聞かれたのでしょうか、妃殿下の親戚のお嬢様などにもお教えする機会もいただきました。光栄な事です。わたくしや夫は大きな役職に就くことはありませんでしたが、多くの方とご縁を頂く事ができたのです。そのご縁で姫様にお仕えする事になりました。

姫様ご自身がわたくしの事を知らなくても無理はありません。話によるとフリード様の事もご存じではなかったとか。

離れに隠されていたため、知らなければならない多くの事をご存知ではないのでしょう。

姫様はわたくしの娘が亡くなった時と同じご年齢。

娘は姫様のように利発ではありませんでしたが、娘が成長すれば今生きていればと、姫様を見てしまいます。

姫様と娘を比べるなど、おこがましい。わたくしは職務として姫様に仕える立場。公私混同は避けなければなりません。肩入れしすぎないよう注意しなければ。気持ちが入りすぎると目を曇らせてしまうと自分を戒めながら、わたくしは姫様と距離を取って仕えるように注意していました。職務に忠実であろうと気をつけていたのです。

フリード様とは離れた目線で姫様を見ていると、とても不器用で、人に頼ることができず、ご自分の小ささに喘いでいるようにお見受けします。自分の立場を自覚され、他の子供では泣きわめき、投げ出すようなことも黙って受け入れ、努力を惜しまず生活をされていました。

姫様の唯一の楽しみは、姫様がトリオと呼ぶ方々と食卓を囲む時だけでしょうか。姫様よりも年上の方ばかりですが、姫様は肩を並べているような雰囲気です。いえ、どちらかと言えば姫様の方が年上の包容力を見せる時もあるような印象がありました。

日ごろのお食事もご自分で用意されていますが、それは息抜きと言うよりも生活、とお見受けいたします。

このような生活をされていると、姫様はいつか倒れてしまうでしょう。

誰一人頼る相手のいない生活、お友達と言うか、話し相手や相談相手がいても、甘える相手は別物です。しかも姫様は、まだ未成年です。この年齢の頃に、頼る相手がいない事は精神的に大きな負担です。フリード様でもその役目を担う事は難しいでしょう。

わたくしは姫様を見ながら不安に駆られます。この方は精神的にアンバランスで他人を思いやれるのに、ご自分には無頓着。特に身分を笠に着るような言動がないように注意されているようです。何かを依頼する時は、まずは相手の都合を確認していますし、お願いと口にされています。命じる事もできるお立場ですのに。わたくしが耳にした命令は、護衛騎士の一人に自分の前に座る様に命じた事ぐらいでしょうか。それも、空腹を心配されてそのような命令をされたとの事。護衛騎士が報告をしてきたと、フリード様が話してくださいました。

姫様は自分自身をいたわる事はされない方のように感じます。それとも自分自身をいたわっていない事に気がついていないのでしょうか？　自分を大事にできない事は、良い事ではありません。今は良くともいずれは綻びが出てくることでしょう。自分を大事にできない事は、他人も大事にできなくなるものです。自分を大事にするという事を姫様は学んでいない可能性もあります。横領問題で姫様がいらした環境は良くなかったはず。

姫様ご自身が自分をいたわる事ができないのであれば、わたくしが代わりに姫様を大事にすればよい。娘の代わりとはおこがましいが、あの子を思うように姫様をいたわる事は悪い事ではないはず。そうする事で、姫様が自分を大事にする事を学んでくだされば、今後に良い影響をもたらすことができるでしょう。

姫様をお守りしなければならない。

どうぞこの方の先行きが優しいものであるように、わたくしが全力でお守りしたいと思います。

6章　デビューに向けて

「お芋さんだ」

私はビジドが持ってきてくれたお芋さんに目を輝かせる。言葉の語尾にハートマークがつきそうなほど嬉しい食材だ。

あの日から練習はお休みになって、私はゆったりと過ごす事ができている。デビューまで後2日。今日はトリオが離宮に遊びに来てくれていた。

始めはフリードが新しい食材を取りに行ってくれると言っていたのに。

何があったのか？　結局、ビジドが持ってきてくれて、トリオで遊びに来てくれることになっていた。

その間のやり取りは知らないが、フリードの目論見が外れた事だけは間違いないだろう。楽しそうにしながらも、少しだけしょんぼり感が覗いている。

「姫様。この食材は、焼くと甘くなるのですがどのようなものなのですか？　お芋さんと言われていましたが。お芋さんという名前なのですか？」

「名前なんだけど。名前じゃないよね」

私はビジドの質問に困ってしまう。

学術名は知らないが私の中では、唐芋《からいも》で、お芋さん、という認識がある。一般的にはサツマイモだろうか。どちらも正しいのでどれにしようかと思ったが、ここでは知らない人ばかりだ。お芋さんにしよう。

私が呼びやすいのが一番だ、という事で私の独断と偏見で、誰も知らないからと、お芋さんに命名し、ビジドにお芋さんと教えておく。

ビジドはお芋さんを復唱していた。その上で調理法が気になるのだろう。調理法については食い気味だ。

「そうね。簡単な方法なら焼くだけでも美味しいわ。ちょっと凝るならお菓子にもできるしね」

「「お菓子になるのですか？　これが」」

はい。定番で甘いものスキの2人が反応する。そこにもしっかり頷いておく。

今日は新しい食材を使うという事で昼食は用意していなかった。その食材で料理をするつもりだったからだ。

なので、昼食は簡単なものを用意しながらお芋さんを使う事に決めた。その予定にカインドが心配をする。

「姫様。お菓子も作られて、昼食の用意となるとお忙しいのでは？　今日は息抜きと聞いていていますす。昼食は厨房にお願いをしてお芋さんを使う事だけにしてはいかがでしょうか？」

「大丈夫よ。皆には悪いけど、昼食は本当に簡単なものしか用意しないわ。お芋さんを使いたいしね」

「それなら、お芋さんを使う料理だけでならいかがでしょう？　手間は省けませんか？」

とはビジドの提案。お芋さんを食べたいのと、手間を省こうと考えてくれた様子。それなら甘えてしまおう。最近は甘える事が増えてきている気がする。

「そうね。確かにできなくはないわ。皆もそれでいい？」

「勿論です。簡単な事だけならお手伝いもできますよ」

とはフリードのお言葉だ。みんなの好意に甘えてお芋さんだけの食事にしてしまおう。

私はそう決めるとキッチンに入る。

フリードも躊躇うことなく入ってきた。手伝う気満々らしい。

カウンター側から覗くのはカインドだ。心配そうな様子を見せている。

ビジドも手伝う気なのだろう。フリードの後ろにいた。実演販売の練習をするせいか、ビジドも最近は手伝ってくれるようになっていた。

人手があるので、私は躊躇う事なく洗って皮剥きをお願いする。

が、私の考えが甘かった。ビジドはまだ良い。皮剥きもそれなりに上手だった。だが、フリード。お約束だと思うけど、お芋さんが半分くらいになるのはいただけないわ。誰でも最初は初心者だ。上手にできないものだと思いなおすと、薄く剥くコツを実演する。

「フリード。刃をね、水平に近いくらいに当てるのよ」

「こうですか？」

「もう少し寝かせてくれる？」

私は一緒に皮むきの方法を教えていく。フリードも刃物には慣れているので抵抗なく包丁を動かしていく。

その様子を見ながら手を切りそうな様子もないので、後はお任せだ。


メニューは、主食としては芋ご飯、他はサラダ、味噌汁、ソーセージと合わせた炒め物、チーズをのせてオーブン焼き、同時に焼き芋も作る。当然大学芋は外せない。

カップケーキやプリン、芋餅、パウンドケーキも選択肢にあったけど、その辺よりも大学芋が食べたかった私は大学芋を優先した。お芋さんは保存に優れているので、他のものは次の機会に作ることにする。

大学芋を作る時、私は普段は手抜きではちみつで絡めていく。砂糖を煮詰めて作ってもいいのだけど、私は個人的にはちみつの方が好きなので、この手順だ。はちみつの優しい味が好きなのだ。皆にも気に入ってもらえると良いのだけど。

皮を剥いてもらったお芋さんを土鍋に入れたり、チーズ焼きの準備をしたりしているとビジドが面白そうに覗きこんでくる。

「一つの食材でこんなにも料理の種類が作れるのですね」

「そうね。甘いから意外なように思うかもしれないけど、お芋さんはなんにでも合うのよ」

ビジドに答えつつ一番簡単な調理法を教えておく。

焼き芋だ。

これに勝るお芋さんの食べ方はないと思っている。焼きたても美味しいけど、冷やした焼き芋もなかなかだ。その辺も追加してレクチャーだ。冷やした焼き芋の下りでの驚いた様子は良い反応だった。


そうしている間にも調理は着々と進んでいく。一人カウンターの外にいるカインドが申し訳なさそうにしていた。フリードとビジドが手伝ってくれているので、申し訳ない気分になっているのかもしれない。気にしなくてもいい、と言っても気にするであろうカインドのために仕事を用意する。

「カインド、テーブルを拭いてくれる？　その後はグラスなんかを持って行ってもらえると助かるわ」

「お任せください」

カインドは嬉しそうに頷いてテーブル拭きを取りに来る。お願いできる仕事があって良かった。私はホッとしつつ仕事をお願いする。

フリードも少しずつ調理のスキルが上がって来ているし、今後は割り振りか、お願いする事を考えていた方が良いかもしれない。

合作の料理が出来上がる。テーブルの上はなかなか壮観だ。私の一押しお芋さん料理が並んでいる。

皆も品数と量に驚いている様だ。無理もない、私でも驚く量になっている。だが、余ったら私が食べてもいいし、持って帰ってもいい、どうにでもなるので私は気にしていなかった。

「さあ、どうぞ。食べてみて。気に入ってもらえると良いのだけど」

そうしてテーブルの上には勢いあまって作った料理の数々がある。昼食会が久しぶりで嬉しくて、その気持ちが料理に表れたらしい。私は好きなだけ作れて満足していた。

私の満足具合を、カインドが微笑ましく見ていたのに気がついて恥ずかしくなってしまう。恥ずかしさを誤魔化すように皆に声を掛けた。

「さあ、みんな座って、満足してもらえると良いのだけど」

「いつも美味しくいただいているので心配ないかと」

と、フリード。

「初めて食べるので楽しみです」

とは、カインド。

「私が食べた時は焼き芋だったので、他の具材と合わせるとどうなるのか楽しみです」

仕入れてきた人の感想は一味違った。

私は大学芋が楽しみすぎて返事はおろそかだ。ソワソワしながら席に着く。

「「「いただきます」」」

全員で声を揃え、お皿に一斉に手を伸ばした。

昼食会の始まりだ。


当然手を伸ばす先は別々で、私は大学芋一択。ご飯の前に甘いものはどうかと思ったけど、久しぶりに食べられると思うと、後にするという考えはなかった。カインドは焼き芋だ。どうやらビジドから聞いた、焼いたお芋さんは甘くておいしい、に反応したらしい。甘いという言葉に逆らえなかった様子。フリードは芋ご飯だった。一番年下で男性な上に、（一応？）職業軍人だからか、主食を選んだ様子。ビジドはチーズと一緒に焼いたものを選んでいた。実演販売をするためか、家庭受けが良さそうな主菜ものを選んでいる。それならソーセージとのグリルが良いんじゃないかと思うけど、単にチーズ焼きの方が美味しそうに見えたのだろうか。私は一抹の疑問を抱きつつ大学芋をお行儀悪く、あーんと口いっぱいに頬張る。

すぐにはちみつの甘さとお芋さんの甘さが広がり、幸せな気分になる。その後から、お芋さんのパサパサ感が来て口腔内の水分を持って行かれる。その感触も懐かしくて嬉しくなる。

少しアグアグしながら口の中をお茶でレスキュー。今度は潤う感じに笑いを堪えながら、多幸感があふれてくる。

少しうっとりしながら大学芋を食べていたが、第三者目線で考えると自分がやばい感じになっていると気がついた。大学芋を食べながら、うっとりしている子供とはいかがなものか。危機感を持って周囲を見回したが、周りも大なり小なり同じような感じだったので気にしない事にした。

フリードはスプーンでお芋ご飯を嬉しそうに食べているし、カインドは焼き芋をフーフー(学習したようだ)しながら皮をムキムキしている。ビジドはチーズ焼きを確認するように食べていた。時々目が光っているので彼には触れないでおこう。

私は心に誓うと隣にいるカインドに話しかける。

「カインド。美味しい？」

カインドは無言で首を縦に振っていた。モグモグしている時に声を掛けてごめんなさい。なんとか飲み込んだカインドは、改めて私に笑顔を向けてくれた。

「美味しいですね。姫様。凄く甘くて驚きました。砂糖は入ってないんですよね？　それなのにこんなに甘いなんて、庶民の味方です」

「確かにそうね。育て方も簡単だし。肥料もほんの少しでいいし、保存も利くし。調理法も簡単で、焼いても、蒸しても美味しいし。最強食材だと思うわ。良い事ばっかりね」

大好きなお芋さんが褒められたことに嬉しくて私も笑顔になる。

「姫様。肥料は少なくても良いのですか？」

「そうよ。多いと育たなかったりするわ。少ない方が美味しくなるの。不思議よね？」

フリードの質問にも私は笑って答える。最近の事は分からないが、私は幼稚園の体験学習でお芋さんの植え付けや収穫をした経験があり、その時に聞いた話だ。不思議に思って覚えていた。

その知識は大人になって始めた家庭菜園でも活用させていただいた。

私が懐かしいな、と思っていると、フリードの疑問は止まらず、次々と質問が降ってくる。

「では、広い土地が必要になりますか？　栽培期間は長いのですか？　保存しやすいと言われていましたが1年ぐらいは平気なのですか？」

「土地の広さは分からないけど、ある程度で平気だと思う。小さくても作ることはできるから。ただ、地面は柔らかくしておいた方が育ちやすいかな？　肥料は何回もいらなくて、植えて芽が出て少ししたら追肥で良かったような。そこは自信がないけど。私もうろ覚えだし。保存は、さすがに1年は無理だと思う。洗わずに土がついたまま紙に包んで、３か月くらいだったはず。ついでに、育てる時はこのお芋さんをそのまま植えても育つよ」

「そうなのですか？」

「種芋って言うの。このまま育つのはすごいよね」

「そうですか」

私がお芋さん自慢をしていると、返事を聞いたフリードは考え込んでしまった。どうしたのだろう？　私が心配していると他にも気になった事があるようだ。

「土地は少なくても良くて、肥料も少なくて良い。作る上で他にも何かありますか？」

「そうね。強いて言えば、水はけの良い荒れた土地の方がよく育つと思うわ。もちろん、条件にもよるけど。この作物はね、飢饉の救世主とまで言われた作物なの。偉いでしょう？」

「飢饉の救世主？」

「そうよ。荒れた土地で水も少なくて、肥料もいらない。ほったらかしでも育つ。作るのにお金もかからない。美味しさや大きさを気にしなければ、どこでも育つわ」

「なるほど」

フリードは私の話を聞いていい笑顔になった。

「その上美味しいとくれば、言う事はないですね」

「でしょう？」

私は自分の大好きなお芋さんが更に褒められたことに気をよくする。

「姫様は育てたことがあるのですか？」

「少しだけね。小さいころ苗を植えて収穫をしたことがあるわ。楽しいのよ。蔓を引っ張ってお芋さんを引っ張りだすの。大きいのが出てきた時は嬉しかったわ」

「今も小さいと思いますが。そんな体験もされているのですね」

私は自分のうっかりに気がついた。今の話は私の前世の話だ。今の人生では体験していないが、どうせ国に問い合わせるわけでもないし、このまま走ってしまおう。

「そうよ。作物を育てる大変さと収穫する楽しさを知ることは良い事だと思うの。作物へのありがたさを実感する事ができるでしょう」

「そうですね。作る人たちのありがたさがわかります」

ビジドも同意してくれた。彼は仕入れで直接農家へ行くことが多いから、大変さを実感しているのだそうだ。晴れても雨でも仕事はあるから大変なのだと言っていた。

確かに雨でも室内作業はあるだろうから、休みはないのかも。

私はその言葉に同意し感謝しつつ、皆でありがたくお芋さんをいただくことにした。

美味しいは正義と皆でお芋さんを噛み味わった。


昼食会のおかげで気分転換できたので、体調管理に注意していると、明日はいよいよデビューの日となった。慣れない事と、周囲の好奇の目に晒されるのかと思うと、今から胃がシクシク痛む気がする。

だが、これを乗り越えないと学校にも通えないわけで、どうする事もできない問題だった。

数時間の事と割り切るつもりでいるものの、気分的に落ち着かないのはどうしようもない。

腹が座ってないなと自分でも思っている。

今日は離宮にお客様が来ることになっている。これは宰相に許可を取っての来客だ。

しかも、来るのはフェーバの旦那さんだ。

デビュー当日に会うのでも良かったが、前日に顔合わせをしておいた方が当日も話しやすいだろうとの事で。フェーバと相談して決めた事だ。初めて会うので緊張もあるが、少し好奇心が勝ってもいる。フェーバの旦那さんとはどんな人なのだろうか。

私はソワソワ、ワクワクもしていた。そのおかげで明日の緊張も少しはまぎれている、と思いたい。

「失礼いたします」

その声とともにフェーバと一人の男性が入って来た。私はその人をポカンと見つめてしまった。

何というか、簡単に言うと大きい人だった。それなりに身長のあるフェーバが少し小さく見える。思わず本音で聞いてしまった。

「えっと、失礼だけど。フェーバのご夫君よね？」

「はい。夫のバナードでございます」

「本日はお目にかかれます事、光栄に存じます」

フェーバがにこやかに肯定したのち、ご夫君であるバナードも挨拶をしてくれた。フェーバから私の話を聞いているらしく、多少の緊張はあるものの穏やかな印象を受ける。

雰囲気は穏やかだが、外見は穏やかではなかった。

この方は武人なのだろうか？　それくらい身体が大きく、失礼ながら顔が怖い印象がある。人を見かけで判断するのは良くないと分かっているが、笑みを作ってくれているのに怖く見える。

私が怖く感じないのは隣に立っているフェーバがニコニコしているからだろう。そのおかげで怖くは見えなかった。

美人系のフェーバの夫がこんな感じの人だとは予想外で、何と挨拶をすればいいのか、考えていた文言が吹き飛んでいた。

「姫様？」

普段なら躊躇う事なく挨拶をする私が固まっているのでフェーバから声がかかる。その声に再起動しながら、なんとか考えていた挨拶を振り絞った。

「離宮へようこそ。お会いできてうれしく思います。明日はよろしく」

「お目にかかれて光栄でございます。妻がいつもお世話になっております。姫様の付き添いを承ります事、嬉しく思っております。慣れない事でご迷惑をおかけしないよう努めますので、明日はよろしくお願いいたします」

「姫様。不首尾が無いよう努めますが、不安な事がありましたらいつでも仰ってくださいませ」

「ありがとう。よろしくお願いするわ」

フェーバの力強い言葉に安心する。一抹の不安もあるが何とかなりそうだ。

私はその事に胸を撫で下ろした。

その夜、私は眠れずにいた。

明日の事は万事整えてあり問題はないはずだが、不安はぬぐいきれない。殿下の事もあるが、デビューは学校に行く前の子供たちが顔合わせを兼ねて行うものだという。要は学校に行く前に少しお友達を作っておけ、という事だろう。そのお友達が私にはできるだろうか。上級生も参加することになっているそうだ。そうして、上級生・下級生関係なく見知っておくことでトラブルも避けるようにしているらしい。

そんな中で、友達を作れるか。なにせ私は事情が事情だ。嫌厭される可能性もある。というか、その可能性しか考えられないだろう。殿下も邪魔をしてくれるだろうし。

私は寝返りを打つ。離宮の人たち以外は私の事を噂でしか知らない人も多い。

不安しかない。寝ないと、と思うが一度考え出したら止まらない。不安が胸の内に広がり落ち着かず、さらに寝返りを打つ。

そうこうしていると、小さくドアが開く音がする。

私はその音にびくりと肩が震えた。ここは2階で、外には騎士たちもいる。人が簡単に入ってこれる場所ではない。

どうして？　不審者？　まさか？　そう思っていたらそれこそ小さな声がした。

「姫様。お休みですか？」

「フェーバ？」

入ってきたのはフェーバだった。彼女はそっと私のベッドの方へ寄って来る。

「明日の事が気になって、お休みになれないかと思いまして」

椅子に座らず私のベッドに腰かけた。日ごろはこんな無作法な事はしない彼女だ。

私は驚きながらも来てくれたことが嬉しくて、そちらの方へ寝返りを打ち近寄る。

「そうなの。眠れなくて。大丈夫かしら」

何を、とは言わずとも私の不安は一つしかない。

フェーバが少し微笑んだ気がするが、実際は暗くて見えない。それでも心配ないと安心させるように私の手を握ってくれる。そして昔話をしてくれた。

「お気持ちは分かります。わたくしも前日は不安で眠れませんでした。明日は失敗したらどうしよう？　ダンスの時に足を踏んだら？　ドレスの裾を踏んでしまったら？　飲み物を零したら？　上手におしゃべりができるかしら？　お友達ができる？　と不安でいっぱいでした。何より、わたくしの母は厳しくて。何か失敗すればマナーの勉強時間が増えるのは確実でしたので。それが嫌だったわたくしは、頭の中が失敗してしまう事でいっぱいになっていました」

「それで、どうだったの？」

私はフェーバの昔話に興味を惹かれ手に力を籠める。上手くいったという話を聞きたい。そう思っていた。

　彼女は私の手を握り、反対の手は私の上掛けを軽くトントンとなだめてくれていた。子供の寝かしつけにやる時の仕草だ。

「なんとか上手くいきました。ダンスの時に相手の方の足を踏んでしまいましたが、その方は気がついていないような感じで、そのまま踊ってくれました。そのおかげで母には気がつかれずに済んだのです」

「じゃあ、明日もそうなってくれたらいいのに」

「大丈夫ですわ」

　フェーバがクスクス笑う。

「その時のパートナーが夫です。ですから姫様。ご安心ください。踏んでしまっても夫は大丈夫です。姫様ですから申し上げますわ。わたくしも、それはそれは盛大に踏んづけてしまったのです。痛かったでしょうに、涼しい顔をしてくれていましたわ。ですので、ご安心くださいませ」

「そうなの？　痛くなかったのかしら？」

「わかりません。後からその事を聞きましたが大丈夫だった、としか教えてくれませんの」

「バナードは優しい方なのね」

私の言葉にフェーバは返事をくれなかった。その代わりにもう休むように声を掛けてくる。

「姫様。ご安心いただけたらお休みください。明日は支度もありますので早起きになります。寝不足では大変です」

「ありがとう。そうするわ」

「お休みなさいませ」

そう言ってフェーバは私の上掛けを直し静かに出ていった。

不安はまだあるけど、さっきよりは気が楽になってどうにか眠れそうだ。

明日が無事に終わりますように。

私はそう祈りながら目を閉じた。


窓のカーテンが開けられる。今日は快晴だが、私の気持ちは快晴とは程遠い場所にある。

今日はデビューのために朝から準備で忙しい。

とはいっても、私は何もせず言われるままに入浴し立ったり座ったりするだけだ。


そして私は今。緊張感がマックスだ。

移動中の馬車には私と護衛のフリード、付き添いのフェーバ夫妻が同乗している。

今は会場に向けて進んでいるところだ。

今日のデビューに関して、学校側が主催だけど、貴族も多く通う事から王室も協力していて合同主催という形になるそうだ。

そのため場所は王室の方で用意する事になっていて、貴族以外の人たちは滅多に入れない宮殿内に入れる日を楽しみにしていると聞いている。

まあ、宮殿内と言っても離宮のように本宮とは別な場所にあるので、敷地内に入れるだけでも楽しみにしている、という事なのだろう。滅多に入れないところに入れるのは楽しみだと思う。私の感覚で行けば工場見学を楽しみにしているようなものだろうな、と考え気を紛らわせていると会場の入り口に着いていた。


今夜の主賓は新入生全員、という形になるそうだが実際はそうではない。やはり身分に合わせた順番はそれなりにあるそうで。上級生は先に入場していて新入生を迎えてくれるらしい。

私はその説明を聞きながら落ち着かない、が目の前にはフェーバ夫妻がいる。あまり落ち着かない行動をしているとフェーバの株を下げてしまうので、表面上は冷静を取り繕っているが、どこまで成功しているかは不明だ。内心の不安と冷汗を宥めていたが努力が実を結んでいるとは思えなかった。

永遠に着かなければいいのに、と思うも現実は無情で、馬車のドアが開かれる。

私は馬車を降りる前に自分の身だしなみを簡単に確認する。侍女さん達が時間をかけて用意してくれているので、なんの問題もないと思うけど最終確認は必要だろう。

目につく範囲で自分のドレスを見回していると、フェーバが穏やかな声で口角を上げつつ話しかけてくれていた。

「姫様。身だしなみは問題ございません。ドレスもお似合いですわ」

「ありがとう」

私はその声を聞き安心して、最大に入れると恥ずかしいので小さく気合いを入れる。私のその様子を微笑ましそうにバナードが見ていたそうだが、私は気がついていなかった。

フリードが最初に降りて、その次にフェーバ夫妻がタラップを踏む。

今夜の主賓にあたる私は当然、最後となる。これは安全確認を兼ねて最後と念を押されていた。

帰りたい、今も未練がましくそう思いながらタラップに足を掛ける。いつもならフリードのエスコートだが、今日に限っては付き添い役のバナードになる。

差し出された手に手を預けゆっくりと、上品に見えるように気をつけながら地面に降り立った。

なにせ付け焼刃のマナー。授業で合格はもらっているものの気位は庶民だ。気をつけておかないと、どこでボロが出るか分からない。

ここで失敗すれば、マナーの講師として名を馳せているフェーバの地位は地に落ちるだろう。それは遠慮したい。私は慎重に行動しているので、上品に見えるはず、と言い聞かせている。


にこやかな笑顔を顔面に張り付けながら、私は会場入りした。

最初に目に入ったのは会場内の色とりどりのドレス。その華やかな色合いに目を奪われる。フェーバが私のドレスの色を、落ち着いた色合いです、と言っていたことを思い出し、それが事実である事を認識する。

会場内は華やかだった。

色の洪水と呼ぶべきだろう。誰もが目立ちたいと思うのか、せっかくのデビューだから可愛いものをと思うのか理由は不明だが、レースとボレロとリボンがひしめいていた。その色合いを見ながら、私は逆に自分が目立つことに気がついた。

これって地味すぎて逆に目立つ？　そう思いもするがあの華やかさを着る気にはなれなくて、諦観の思いでこの数時間を乗り切ることにしようと決めていた。

私は紺一色のドレスでリボンも同色、靴はヒールが少しあって、足首でリボンを結ぶ形だ。

靴の色だけはツートンになっていて、つま先とヒール部分だけが白に近いクリーム色だ。この部分だけが唯一、差し色と言えると思う。

ヒールがあまり高くないのが救いだ。あんまり高いとフラフラして転ぶ自信があるし、足が疲れてしまう。終了まで時間は長くないとは聞いてはいるが、立っている時間はそれなりにあるはずなので無理はしたくない。

私は始まる前から早く終わってほしいと思っていた。

隣に立っているバナードはしっかりとした体つきで、安心感があった事に何となく救われている。

正式な場なので軍服かと思っていたら、この方は文官なのだそうだ。かなり予想外の事で驚いてしまう。その関係で普通なフォーマルな服装だけど、どこから見ても軍人にしか見えない。

隣のフェーバは私と同じ紺のドレスだ。

ツインコーデではないけど、私の関係者であることは一目でわかる。シックな感じで、大人の女性、って感じがする。

私の後ろに立つフリードは今日の役目が護衛なので、軍服の正装だ。

いつもの制服に身分証みたいな徽章がついて、マントもつけている。私たちの中では一番華やかで目立っている気がする。そして周囲の女性の視線を集めていた。

ぜひ、このまま視線を集めて頂きたい。

私が入って来るのが最後だったので、違う意味で私も視線を集めているがそこは気にしない事にした。

大広間？　に人が集まっている。ここに座席はなく全員が立っていて、私はやや上座より。人目が集まりやすい場所に案内されていた。席がないのは、全員が平等、と言う意味があるそうだ。建前はそうなっているのでそこを強調したいらしい。実際は違っていても。

そして上級生から簡単な挨拶があって始まるそうだ。


そうしていると上級生が中央に立ち挨拶を始める。

いよいよ始まりだ。

上座の方に８人の男女が立っている。比率は等分。男性４人・女性４人だ。

お互いがパートナーなのか交互に立っている。私はほぼ中央に誘導されているので、その人達のほぼ正面にいる感じだ。

という事で、私の前には殿下が立っていた。

その横には銀髪の綺麗なお姉さんが立っている。殿下の横にいる時点で彼女が侯爵令嬢で間違いないだろう。

綺麗な人だな、としげしげ眺め。こんなに綺麗で、侯爵家の令嬢なら人生勝ち組だな、とのんきに考えていると上級生の挨拶が始まった。

挨拶をするのは当然殿下だ。

「ようこそ。諸君。あと少しで入学だ。君たちもいよいよ学生となる。慣れないうちは学内で困惑する事もあるだろう。その時は我々総会を頼ってほしい。君たちの力になれるよう協力をしていく。ただし、君たち自身で頑張らないといけない事も多くある。その時に協力はするが、できる限り自分の力で頑張ってほしいと思っている。君たちの学生生活が有意義なものになれるように、一緒に協力していこう」

まっとうな挨拶だった。

私は殿下の挨拶を聞きながら、意外に真面目な内容で驚いている。私の前では残念な感じだったが、『やればできる子』だったのだろうか。

私は（鉄壁の）微笑を浮かべながら、皆さんと同じように拍手をしていた。殿下の挨拶だ、拍手もされるだろう。

これで終わりと思っていたら、さすがは親子。爆弾を投げる趣味は同じらしい。

拍手が一息ついた時、殿下からもう一度話があった。私にはありがたくない話だ。

「諸君。噂では知っていると思うが今年から留学生が入って来る。今日君たちがデビューするのと同じように留学生もデビューとなる。せっかくなので、留学生からも一言、もらいたいと思う」

殿下のその言葉に周囲がざわついた。

今までこんな事はなかったのだろう。私も予定では聞いていない。

私の背中をそっとさするフリードの手があった。その動きで分かる。私の代わりに何かを言う気なのだろう。

牽制か、返り討ちか。

どちらかは分からないが、それはこの場では好ましくないと思う。殿下の言い方では私を好意的に（本心は別にして）紹介しようとしている形だ。それを断ればどちらに転んでも良い事にはならないだろう。

こういう時は社会人として生きてきたスキルが役に立つ。

社会人であればスピーチを振られるなんてごく普通の事だ。

私はフリードに抑えるよう手で合図を送る。その様子をフェーバに気がつかれ頷いてくれた。

2人は私を見守る態勢になった。

それを確認し、私は半歩前に出て軽い礼をする。これは全員に向けた形式的な礼だ。

「皆様。初めまして。今回留学生として参りました。異国の地より参りましたので、生活習慣や言葉などすれ違う事が多々あるかと思います。その際は教えて頂けると嬉しく思います。国を出て学ぶ場を得られた事は幸いです。皆様と学びつつ、新しい事を身につけたいと思っておりますし、新しい交流ができれば嬉しく思います。皆様と良い学生生活を送りたいと思います」

簡単なスピーチを行い、今度は略式ではない礼を取る。

この違いは分かる人にはわかるだろう。

貴族以外の方もいるので、よろしくとは言えない。代わりに正式な礼を取る事でよろしくと挨拶をした形だ。

私の挨拶が終わると会場から拍手があった。ありがたい。挨拶の意味を分かってもらえたらしい。

拍手に応える形で簡単な礼をもう一度取る。これで好意的に迎えてもらえたら嬉しい。留めにニッコリと微笑んでおいた。

拍手が少し落ち着くと殿下の横にいた美少女（多分侯爵令嬢）が一歩前に出る。

「丁寧な挨拶をありがとうございます。では皆様、交流を始めましょう。楽しいひと時と良い出会いと良い時間を過ごせますよう」

彼女の開始の宣言でいよいよパーティーが始まる。

私は中央に進み出でて踊らなければならない。

私は中央のその場に残り、ご夫君をパートナーとして一曲目が始まる。オーナーダンスは私だ。正式にはオーナーダンスではないのだろうけど、私は他の表現を知らないので仕方がない。

正式にはなんというのだろうか？

お門違いな事を思いつつご夫君と向かい合って礼をする。いつもなら2組か3組ほどで行われるらしいのだが、今回は私一人だけ身分が違うので1組だったそうだ。

なんという嫌がらせなのだろうか。本当は違うのかもしれないけど、私にとっては嫌がらせ以外の何物でもない。

表面上はにこやかな微笑を浮かべつつ、音楽が始まった。

私にとっては長い数分間の始まりだ。

結論から言おう。

ご夫君の足が頑丈で良かった。

彼は音楽の間はずっと穏やかな笑みを浮かべ楽しそうに踊ってくれた。そのおかげであの時間を乗り切ることができたと言えるだろう。

最後の礼が終わり、ホールの人が入れ替わる時、彼からお礼を言われた。

隠しきれない喜びが溢れ出すように、嬉しそうに言われたのだ。私がお礼を言わないといけないのに、どうして彼が礼を述べるのか？

私はそのままご夫君を見上げ正直に聞くと、諦めていた夢が叶えられたから、と教えてくれた。

私は意味が分からず視線で先を促すが、ご夫君は首を横に振り、妻が知っているので、とそれ以上は口にはしなかった。本気で意味が分からず筆頭さんに聞くべきかと首を捻っていると、止められた。

「妻が自分から口にする時が来ると思うので、その時まで待っていただけたら嬉しいのですが」

「わかったわ。こんなに協力していただけたのだもの、その時まで待つわ」

「姫様。無事に終わって安心しましたわ」

ご夫君の返事を聞く前に、フェーバが来てくれた。心配してくれていたのであろう、安心した様子だ。満面の笑みが見てとれる。

本日一番の心配が無事に終了し安心できたので周囲を見回す余裕ができる。

入り口の方にカインドが立っているのが見えた。

横に可愛らしい女の子が立っているのが見える。あの子が付き添いをしなければならないと言っていた女の子なのだろう。こうして周囲を見ると当然ながら同年代の子が大勢いる。

これからの学生生活のためにもお友達ができると良いのだけど。

友達１００人できるかな？

閑話　バナードの気持ち

私の妻は今、離宮の姫様に仕えている。宰相閣下の推薦で姫様に仕える事になったのだ。妻は多くの令嬢たちにマナーを教えてきたが『姫』という肩書のある方にお仕えしたことはなかった。話が来た時は迷っている様子だったが、最終的にはお仕えする事に決めたようだ。

決めた一番の理由は姫様が死んだ娘と同じ年齢だったこと、もう一つは異国から来られたのだが、そばに仕える者が誰一人いないことが大きな理由だろう。

子供の姫様が一人でいることを心配したようだ。私に直接的な相談はなかったが、仕えることを決めた時にそんな話をしていた。

離れから離宮に移り姫様の環境は大きく変わられたようだ。妻も住み込みに近い形でお仕えしている。家に帰ってくるのは休みの日ぐらいだろうか。

始めは姫様にお仕えする事に慣れず、戸惑っているようだった。愚痴をこぼしたり、相談するような妻ではないが、環境に慣れずどう振る舞って良いのかわからない様子。いつもの淡々とした様子とは違い、何かを気にしながらお仕えしているような様子が見てとれた。

多くを語らない妻を見兼ねて一言だけ伝えたことがある。

「あまり難しく考えず、いつもの自分でお仕えしても良いのではないか？」

その時妻はハッとした様子だった。

いつもの自分らしくなかった事に気がついたのだろうか。その後からの妻は自分らしくと思ったようである。少し肩の力が抜けたようだ。


その後は大きな変化は見られなかったが、表情は穏やかになったように見える。妻も思うところがあったのだろう。

休みのたびに帰ってくる妻は、少しずつ表情が良くなってきていた。私はその事に安心していた。


姫様のデビューが決まり妻は少しずつ忙しくなってきていた。デビューのドレスなんかも考えているようだ。忙しくも楽しみにしている様子が見て取れる。休みの日なのにデザイナーを呼んでデザインを考えていた。ドレスの生地を選んだり靴を選んだりと楽しそうだ。できなかった母親の役目を果たしているような感じがしている。

私に意見を聞くことはなかったが、妻の楽しそうな様子を見ているのは私も楽しかった。成人した息子たちに妻の様子を話すと息子たちも良かったと喜んでいた。娘が亡くなった後、表に出すことは無いよう努力しているが、気落ちしている妻を息子たちも心配していたのだ。令嬢たちにマナーを教えていたのも、気落ちする事を隠していたのだろうと思っている。


妻は姫様の支度をする事で、できなかった娘のデビューを用意しているようで嬉しくもあるのだろう。


私たちのできなかった事。

娘のデビューを用意することだった。

娘はデビューの年に亡くなった。

元気な時、ドレスを選んだりしていて楽しみにしているのを私も知っていた。妻が女の子の楽しみだ、と言って嬉しそうにしていたのもよく覚えている。私たちの娘は、はつらつとした子でドレスを選びながら『お父様と踊ってあげるわ』と照れくさそうに言ってくれていた。その時、私は嬉しくて息子たちに先を越されるのが嫌で固く約束させたのは懐かしくもホロ苦く、胸を優しい気持ちにさせてくれる思い出だ。出来上がったドレスを着ることはなかったので私との約束が果たされることはないが、妻の夢だけでも叶えられるのなら、そんな事ができるのなら嬉しく胸が弾む思いだ。

ある夜、帰ってきた妻が浮かない顔だった。何かあったのか聞いたが、話せないとの事。仕事上で何かあったのだろう。

詳しいことは話せない妻に聞くことはできないので、自分にできることは協力をすることを約束しておく。

その事を聞いた妻は安心したような笑顔を見せてくれた。私の妻は照れ屋で大きく感情を見せることはない。そのため笑顔を引き出せた自分を誇らしく思ってしまう。妻が憂いなく過ごせるように務めるのは夫の役割だと思っている。

姫様のデビューも間近なある夜、突然妻が家に帰ってきた。今日は帰って来る日ではなかったので、私は嬉しくあり、心配でもあった。予定にないことを嫌う妻だ。よほどのことがあったのだと察しがつく。

「おかえり。なにかあったのかね？」

「わたくしが家に帰って来るとお困りですか？」

「そんな事を言っても誤魔化されないよ。困ったことがあったのかい？　私に協力できることはあるかな？」

居間に落ち着き、隣に座る。お茶を用意させながら妻の様子を伺い。気が急いた私は手を取り話しかけていた。

浮かない顔の妻をそのままにはできなかったからだ。思い詰めている、というほどではないが、何かを気にしているのは間違いがなかった。そして気にしている相手が私であることも間違いないだろう。私を窺うような視線を感じる。私に遠慮などすることはない。気になることがあれば何でも聞いてくれれば良いのだ。私にできることなら何でも手を貸すのだから。

「あなた。協力をお願いしたいのです」

「良いよ。何をしようか？」

「あなた、いつも言いますけど。内容も聞かないうちにいいよ、なんて仰らないで。わたくしが無茶を言ったらどうされるのですか？」

「君はそんな事を言わないよ。それくらいはわかる。そんな心配そうな顔をさせておくほうが私は辛い。協力できることなら何でもするよ。いつもそう言っているだろう？　言ってごらん。姫様のことかな？」

「ええ。実は」

妻から聞いた話とお願いに私は舞い上がった。

喜んで引き受けることも約束した。

妻は私の立場を心配していたが、私の立場など大したものではない。そんなものより、妻が大事にしている姫様の手助けができる方が重要だ。

家族以上に大事なものなど私にはないのだから。

それに私にも嬉しいお願いだ。姫様は娘ではない。それは分かっている。

だがこのお願いは、叶える事のできなかった娘との約束を果たせるような気がしてしまう。

自分の気持ちの上だけでもそう思う事を許してほしい。そう思うが、妻は分かっていてこのお願いを私にしたのだと思う。自分が嬉しかったから、私にもその気持ちを感じてほしかったのではないだろうか。そう考えてしまう。

「そんなに心配しなくても。私も嬉しいよ。あの子と約束したことを果たせるような気がしているからね。君もそうだろう。ドレスを考えたりしている時、とても楽しそうだった」

私が見ていることに気がついていなかったのか、妻は私の言葉に恥ずかしそうな顔をした。

私も気持ちは同じだ。できることがなかったから見ているだけだったが、できることがあるのなら喜んでその輪に入りたいと思う。

「楽しみだよ。デビューに付き添うなんてできないと思っていた。もちろん。姫様はあの子の代わりではない。それはわかっている。でもね、なんとなくね。君もそうなのだろう？」
「ええ。そうです。わたくしもわかっているのです。姫様はあの子の代わりではありません。でも、あの子を思うようにお世話をすることは悪いことではない、そう思えるようになりました。あなたのおかげです。いつも知らない振りをしてくれているのに、大事な時は助けてくださるのだから。助かっています。いつも、ありがとうございます」
照れ屋な妻の感謝の言葉に私は幸せを噛み締めた。

そっと妻を抱き寄せ、背中に手を回す。妻も身を寄せてくれた。照れ屋な妻は寝室以外ではこんな事をしてくれることはない。妻も感慨深いものがあるのだろう。

身を寄せ合いながら今はいない娘を思う。

外伝　休みの日は

今日は全員が休みの日である。

カインドやフリードはある程度休みの日が決まっているが、ビジドはその限りではない。今日は姫様のお願いで休みを取って離宮に来ている。

基本的に食事会の日が決まっているので、その日以外に来て欲しいと言うこと自体が珍しかった。全員、お願いを口にすることが少ない姫様のお願いは叶えたいと思うメンバーなので、この日に集合となった訳である。

「みんな、来てくれてありがとう。急にごめんなさいね」

「いいえ。来るぐらいなんて事はないので、いつでも声を掛けて頂けたら嬉しいです」

カインドは穏やかな声で姫様に対応していた。実際、カインドは姫様のお願いを断ったことは一度もない。それはビジドやフリードも同じだ。

この中ではフリードが姫様と過ごす時間は一番長い。そのフリードですら姫様のお願い、という言葉を聞くことは少なかった。ビジドは城下から来るため決まった日以外に姫様に会う事はない。もちろん、身分を考えれば会う事はまれなのは当たり前と言えば当たり前だろう。姫様には久しぶりに会う事になる。そのお願いを断るという事は考えになかった。

姫様自身も久しぶりに会えて嬉しそうにしている。

「今日ね、みんなに来てもらったのには訳があるの」

「どうなさいました？」

姫様の計画を聞いていないフリードも不思議そうにしている。そう、今日の計画はフリードにも漏らしていなかった。正しくは3日前に思いついたのである。

そうだ。みんなでピザパーティーをしよう。好きなトッピングを自由に載せて、その場で焼いてみんなで食べよう。

と思いついた姫様はその気持ちの勢いで、フリードにイツメンに手紙を届けてもらい、今日の集合となった訳である。

突然の事でカインドは急遽休みを取っている。この事はフリードも姫様も知らない。いつもはこんな事を言い出さない姫様なので、断るという選択肢はカインドの中にはなかった。手紙には休みだったら、と言う注釈が付いていたが、カインドはその手紙を見た瞬間に、休みを取ろう、有休を使わせてもらおう、と心に決めた。フリードが手紙を届けてくれたので休みが取りやすかった、という側面もある。忘れがちだが、フリードは陛下の親戚だ。その人が持ってきた手紙の後に休みが欲しいと言って断れる上司は少ないと思う。とはカインドの心の声だ。

姫様はキッチンへ行くと台の上に乗り胸を張って言う。

「みんなでピザパーティーをしよう」

「「「ピザパーティー??」」」

イツメンの声が綺麗に重なった。ピザパーティーという言葉に全員がピザを食べることを想像する。その想像のままビジドが口を開く。

「姫様。ピザを食べるのですか？」

「そうよ。正確には自分で作って食べっこするの」

「自分で作るんですか？」

作るに反応したのはフリード。料理教室から自分で作る事に楽しみを覚えている。逆に不安そうなのはカインドだ。料理はしたことがないのだ。自分が何をすればいいのか想像できないでいる。そのカインドの不安が見て取れた姫様は、安心させるように笑いかける。

「大丈夫よ。作ると言ってもトッピングを載せるだけよ。生地は作ってあるから」

「載せるだけでいいんですね？」

カインドは安心したようにホッとする。その様子をクスクス笑いながら姫様が肯定していた。

その後、みんなをキッチンへ誘導する。離宮のキッチンは全員初めてだ。

「立派ですね」

「当然だ。姫様が使うものだぞ」

誰ともなくビジドが呟く。それにカインドが頷いていた。

2人とも品物を扱う仕事をしている。物の良し悪しは見ればわかるのだ。フリードから見れば当然の品物が並んでいる。料理道具などは知らないが粗悪な品を置いていない事は分かるし、それを不思議とは思っていなかった。

そんなイツメンの感想を聞きつつ、私も立派だと思う。とは姫様の心の内である。全員を作業台の前に誘導するとトッピングの具材を見せた。具材は今ある物を並べている。野菜やチーズ、もちろん姫様手作りのベーコンも置いてある。

「この具材をね、その生地の上に並べるのよ。どれをどの場所に好きなだけ載せてくれても良いわ。全部自由なの」

「組み合わせもですか？」

「勿論よ。自由だわ」

姫様の言葉に全員の目がキラリと光る。ピザが好きなメンツだ。好きな物を好きなように並べたいという気持ちがあるのは至極当然のことだと思われる。

◆◇◆◇◆

それからはお料理教室と言うほどのものではない。好きな物を好きなように並べていた。

だがそれぞれに個性が出る。フリードは好きな物一択。ベーコンとチーズ。ビジドはとりあえず全部の味を見たい様だ。全種類を載せていた。カインドはバランスよく、好きな物を載せている。

「ビジド。性格が出るのだな。全種類とは。バランスというものを知らないのか？」

「その言葉。そのままお返ししますよ。ベーコンとチーズしか載ってないじゃないですか。具材は他にもあるんですよ？　他の物は見えないんですか？」

「どっちもどっちじゃない？」

幸いなことに私の小さな呟きは隣のカインドにしか聞こえていなかった。聞こえていないはずなのにフリード達は同時に私を見る。

「姫様。どっちが美味しそうに見えますか？」

なんで答えにくい事を私に聞くかな？　どっちを、誰のものを答えても揉めるヤツじゃない？

答えに窮した私は無難な答えに逃げる。

「自分が美味しいと思えば大丈夫じゃない？」

「「姫様」」

2人が声をそろえて答えを出せと要求するがそんな事を私はするつもりはない。ピザパーティーは自由だと断言しておいた。それを見ていたカインドは顔面が崩壊しそうになっていた。カインド。笑いたかったら素直に笑った方が良いと思う。我慢は良くないよ。

ピザパーティーは盛況のうちに終了した。

私の感想としては、カインドの作ったピザは美味しかったと答えておこう。食べっことは食べ比べだと私は思っていた。しかし、その原理は通用しない人もいるという事を私は忘れていた。好きな物を好きなだけ食べたいメンツだ。自分の好きなように作ったものを人と共有する事はできないと私は気がつくべきだったのである。

私が何回も焼くのを申し訳ないと思ったのかカインドが3回ぐらい窯の前に立ってくれた。

ありがとう。カインド。

あとがき

私は子供の頃から読書が好きで活字中毒でした。今でもそうですが。

そんな私の子供の頃の夢はお話を書く人になることでした。その夢は叶えることができず、今は別の仕事をしています。

この話を書き始めたきっかけは、試験のストレスと叶えられなかった夢を慰めるつもりで始めたことでした。ネットで手軽に始められるし誰の目にもとまることはないだろうから、好きな事、言いたい事だけを書こうと決めて始めた事です。


このお話は、楽しんでもらえる事。皆で楽しい食事をする事、登場人物はお互いの間違いを認め合い、許し合い成長する事をテーマにしています。

現に姫様も何度も失敗していますし、隊長や筆頭も失敗をしています。厨房も大混乱になった事もありました。見習いも大きな失敗をしています。

その間違いを認め、許すからこそ成長していける。『間違えない人間はいない。学ばないのに初めからできる人間はいない。教えなければ分からない。完璧な人間はいない』姫様の一貫した考えです。

何となくギスギスした人間関係を目にすることが多く、小さなミスも許されない様な不寛容な世の中だと感じることが多くあります。そんな世の中は嫌だと思い、話のテーマにしたので少しでも許し合うという部分を感じて頂けたら嬉しいです。（明らかな犯罪はべつですが）

好きな事を言いたいように書く、諦めた夢の慰めがこうして本になる日が来るとは思っていませんでした。思ってもいない事にコミカライズにまでしていただけました。自分の書いた話を漫画で見る日が来るとは思ってもおらず、とても嬉しく感謝しています。ありがたい事です。

思っていない事だらけで、お話を頂くたびに嬉しくて畳の上で身もだえていました。

全ては読んでくださっている方と、出版社・イラストレーターの皆様方のおかげです。感謝しかありません。ありがとうございます。

ネットの方で皆様のコメントを読むたびに励まされ学ばせられる日々です。思いつきで始めた事でしたが良かったと思っています。

これからもお付き合いのほどよろしくお願いいたします。

いつも読んでいただいている読者様、関わってくださった皆様ありがとうございます。

すべての皆様に感謝を込めて

小賀　いちご

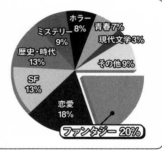

追放聖女のどろんこ農園生活
~いつのまにか隣国を救ってしまいました~
著 よどら文鳥
イラスト 縹ヨツバ
とんでも農園は今日も大収穫!
聖女フラフレは地下牢獄で長年聖なる力を搾取されてきた。しかし、長年の搾取がたたり、ついに聖なる力を失ってしまう。利用価値がないと判断されたフラフレは、民衆の罵倒を一身に受けながら国外追放を言い渡される。衰弱しきって倒れたところを救ったのは、隣国の国王だった。目を覚ましたフラフレは隣国で手厚い待遇を受けたことで、次第に聖なる力を取り戻していくのだが……。これは、どろんこまみれで農作業を楽しみながら、無自覚に国を救っていく無邪気な聖女フラフレの物語。
定価1,320円(本体1,200円+税10%)　ISBN978-4-8156-1915-2
ツギクルブックス
https://books.tugikuru.jp/

本書は、「小説家になろう」（https://syosetu.com/）に掲載された作品を加筆・改稿のうえ書籍化したものです。

人質生活《ひとじちせいかつ》から始《はじ》めるスローライフ2

2023年3月25日　初版第1刷発行

著者　小賀《こが》いちご

発行人　宇草 亮
発行所　ツギクル株式会社
〒106-0032　東京都港区六本木2-4-5
TEL 03-5549-1184
発売元　SBクリエイティブ株式会社
〒106-0032　東京都港区六本木2-4-5
TEL 03-5549-1201

イラスト　結城リカ
装丁　株式会社エストール

印刷・製本　中央精版印刷株式会社

ISBN978-4-8156-1983-1
Printed in Japan